Museen im Nordwesten
Das Prinzenpalais

MUSEEN IM NORDWESTEN

Das Prinzenpalais

ISENSEE VERLAG
OLDENBURG

Museen im Nordwesten Bd. 7

Herausgeber:
Landesmuseum für Kunst und Kulturgeschichte Oldenburg
Damm 1, 26135 Oldenburg, Tel.: 0441/220-7300
Fax: 0441/220-7309

Umschlag: Christian Rohlfs, Froschprinzessin, 1913,
LMO 12.285 a

Bibliografische Information Der Deutschen Bibliothek

Die Deutsche Bibliothek verzeichnet diese Publikation in der
Deutschen Nationalbibliografie; detaillierte bibliografische Daten
sind im Internet über <http://dnb.ddb.de> abrufbar.

ISBN 3-89995-026-7

© 2003 Isensee Verlag, Haarenstraße 20, 26122 Oldenburg - Alle Rechte vorbehalten
Gedruckt bei Isensee in Oldenburg

Inhaltsverzeichnis

Vorwort 6

Die bauliche Entwicklung des herzoglichen Prinzenpalais
zur Gemäldegalerie 10

Malerei des 19. Jahrhunderts 16

Malerei des 20. Jahrhunderts 34

Berliner Sezession 43

Künstlervereinigung „Die Brücke" 49

Vom Kubismus zum Konstruktivismus 61

Neue Sachlichkeit 69

Kunst nach 1945 83

Vorwort

*Theodor Presuhn d. Ä.:
Das Prinzenpalais am Damm
in Oldenburg, 1848
LMO 9.024/10*

Zu den herausragenden baulichen Dokumenten des Klassizismus in Oldenburg gehört das nach 1821 vom Oldenburger Großherzog Peter Friedrich Ludwig in Auftrag gegebene Prinzenpalais. Sein ursprünglicher Zweck war, zwei Enkeln des Großherzogs, Söhnen des verstorbenen Prinzen Georg, in unmittelbarer Nähe zum Schloss ein angemessenes Domizil zu bieten. Vormals bestand auf diesem Grundstück ein Zimmerplatz, dessen Lage nicht nur in seiner Verbindung zum Schloss ideal erschien, sondern zugleich die Möglichkeit bot, die Reihe klassizistischer Repräsentationsbauten längs des Dammes zu ergänzen. Eine der wichtigen Achsen im Stadtbild war damit festgelegt.

Bis zum Beginn des Ersten Weltkrieges diente das in den sechziger Jahren um einen zweiten Flügel erweiterte Gebäude als großherzoglicher Wohnsitz, wurde 1920 Staatsgut und durchlief verschiedene Zweckbestimmungen, bis es schließlich Ende der fünfziger Jahre durch das Land Niedersachsen umgebaut und als Katasteramt genutzt wurde. 180 Jahre nach seiner Errichtung und am Ende einer achtzigjährigen Odyssee durch profane Nutzungen findet das Prinzenpalais nun wieder zu einer Rolle, die seinem kulturgeschichtlichen Stellenwert als bauliches Zeugnis des Klassizismus angemessen ist: es wird Museum.

Die Pläne für eine Herrichtung des Palais als Gemäldegalerie gehen auf die Mitte der neunziger Jahre zurück und zielten neben der Erweiterung des Landesmuseums vor allem auf den Erhalt der historischen Bausubstanz unter Wiedergewinnung der ehemaligen Raumfolge. Dieses war durch eine wechselvolle Geschichte, die sich auch an dem Gebäude widerspiegelt, kein leichtes Unterfangen. Schließlich konnten die erhaltenen originalen Pläne hier die entscheidenden Rückbauten bewirken, so dass neben seiner neuen Nutzung vor allem eines der bedeutenden klassizistischen Architekturdenkmale der Stadt Oldenburg nun auf Dauer erhalten ist: in einer zwar dem Ursprungszustand nicht mehr anzunähernden Weise, aber mit seiner neuen Funktion als Gemäldegalerie in sensiblem Gleichgewicht.

Durch die wiedergewonnenen Raumabläufe in ihrer ursprünglichen Gestalt ist es möglich geworden, auf den beiden Ebenen neben der klassischen Moderne die Sammlung des 19. Jahrhunderts in größerem Umfang präsentieren zu können, ein Bestand, der bisher nur marginale Bedeutung im Ausstellungsbild hatte: entweder

Das heutige Prinzenpalais am Damm, 2003

Franz Titzenthaler, Salon im Prinzenpalais, um 1890

als Appendix der Sammlung „Alte Meister" oder aber als Dekoration in nachinszenierten historischen Räumen im Schloss. Die ehemalige Großherzogliche Gemäldesammlung fand durch regelmäßige Erwerbungen zeitgenössischer Kunst im 19. Jahrhundert einen deutlichen Schwerpunkt, der bisher nicht als solcher in Erscheinung treten konnte und nun in einem angemessenen historischen Ambiente dauerhaft erlebt werden kann.

Raumaufnahmen des ehemaligen Hoffotografen Franz Titzenthaler dokumentieren die Atmosphäre des Prinzenpalais um 1890. Sie zeigen ein ganz in Stil und Geist des Historismus gehaltenes Ambiente, dessen Flair sich aus dem unverwechselbaren Zusammenspiel von Inneneinrichtung und einer bildenden Kunst ergibt, welche auch der Dekoration der Räume diente, ihnen aber zugleich eine museale Qualität verlieh. Die vom damaligen Nutzer, dem Großherzog Nikolaus Friedrich Peter favorisierten zeitgenössischen Kunstformen, die einen gewichtigen Teil seiner Sammlungstätigkeit bestimmten, prägten – darunter Gemälde von Arnold Böcklin oder Hans Makart – die kunstvolle Inneneinrichtung der Gründerzeit.

Carl Rahl: Großherzog Nikolaus Friedrich Peter von Oldenburg, 1861 LMO 12.625

Titzenthalers Aufnahmen waren für die bauliche Rekonstruktion des Palais eine wertvolle Hilfe; sie zeigen einen unwiederholbaren und nur noch fragmentarisch erhaltenen Kulturschatz, der in einigen verbliebenen Gemälden nun in sein früheres Domizil zurückkehren kann. Hier liegt eine der unvergleichbaren neuen Möglichkeiten aus der Hinzugewinnung des ehemaligen Prinzenpalais: in der Verschmelzung von Baukörper und kulturgeschichtlicher Sammlung zu einer zwar dem historischen Vorbild verpflichteten, aber diese nicht rekonstruierenden Form. Inkunabeln der vormals großherzoglichen Sammlung sind heute allgemeines Kulturgut geworden, andere Objekte der oft schwülstigen und überladen wirkenden Inneneinrichtung können als Ausdruck eines zeittypischen Geschmacks fallen gelassen werden. Rekonstruktion der Fülle kann das Ziel einer neuen Nutzung als Galerie nicht sein, sondern der Respekt vor dem Einzelobjekt und dessen neuer Bewertung in einem räumlichen Verbund, der von nun an auch an die kulturellen Verdienste des Großherzogs Nikolaus Friedrich Peter um die Stadt und das Land Oldenburg erinnern kann.

Bernd Küster

Die bauliche Entwicklung des herzoglichen Prinzenpalais zur Gemäldegalerie

Das alte Prinzenpalais

Die neueröffnete Gemäldegalerie führt in ihrer baugeschichtlichen Tradition zurück auf die Jahre 1821-1826, in denen Herzog Peter Friedrich Ludwig von dem renommierten Hofbaumeister Heinrich Carl Slevogt das sogenannte Prinzenpalais errichten ließ, um seinen verwaisten Enkeln, den Prinzen Alexander und Peter ein standesgemäßes Domizil zu schaffen. So entstand am mittleren Damm/Ecke Huntestraße zunächst ein zweigeschossig winkliges Eckgebäude aus der Blütezeit des Klassizismus, der bis heute weite Teile des Stadtbildes Oldenburgs eindrucksvoll prägt. Im Jahre 1852 übernimmt – im Zusammenhang mit seinem Regierungsantritt – Großherzog Nikolaus Friedrich Peter das herrschaftliche Gebäude, um es von 1860 bis 1863 durch den Wiesbadener Hofbaumeister Carl Boos über ein Zwischenbauteil mit Hofdurchfahrt um einen Gebäudesüdflügel erweitern zu lassen, dessen Festsaal im ersten Obergeschoss als ein besonderes Schmuckstück spätklassizistischer Kunst bezeichnet werden darf.

Schließlich bestimmt die plastische Strukturierung einer schon leicht historisierend angelegten Überarbeitung der Belle Etage des Slevogt-Bauteils wohl durch Gerhard Schnitger seit 1867 das Erscheinungsbild der Residenz, die der Großherzog bis zu seinem Tode bewohnte und die sich mit ihren aus zwei Bauperioden stammenden Teilen nunmehr als dreiflügelige, hufeisenförmige An-

Verbindungstrakt mit wiederhergestelltem Durchfahrtstor, 2003

Prinzenpalais und Augusteum, Foto um 1980

lage mit rückwärtigem Palaisgarten (vermutlich Hofgärtner F.W. Bosse) und Hauptfassade zum Damm hin präsentierte.

Weitere Nutzungen des Palaisgebäudes folgten späterhin den unterschiedlichen Ansprüchen aus dem Wandel der Zeiten, die der historischen Qualität des herrschaftlichen Gebäudes allzu oft zuwider liefen. Diente es in den Jahren 1914 bis 1919 den Verwundeten des Ersten Weltkrieges als Lazarettunterkunft, folgte in den zwanziger und dreißiger Jahren eine Schul- und Verwaltungsnutzung durch die damaligen Vorläufer des heutigen Alten Gymnasiums. Nach Aufnahme auch von Jugendorganisationen in der Zeit des Nationalsozialismus nahm ab 1946 und bis 1959 die Graf-Anton-Günther-Schule im Alten Palais ihren Lehrbetrieb auf, um schließlich (nach weiteren „baulichen Anpassungen") ab 1961 und bis zum Jahr 2001 dem Katasteramt Oldenburg als Behördensitz zu dienen. So lässt sich nur unschwer nachvollziehen, dass massive Eingriffe aus den artfremden Folgenutzungen in und an der einst so prunkvollen Bausubstanz tiefgreifende Veränderungen, Brüche und Narben hinterließen, die eine denkmalgerechte Aufarbeitung oder gar Wiederherstellung wesentlicher Elemente und Strukturen zur Spurensuche werden ließ.

Franz Titzenthaler, Empfangszimmer im Prinzenpalais, um 1890

Der lange Weg zu einer Gemäldegalerie

Wie und in welcher Weise die zahlreichen Zwischennutzungen mit ihren Einbauten und Umgestaltungen das herrschaftliche Gebäude verändert und belastet haben, macht ein Vergleich mit den Lichtbildern des Hoffotografen Franz Titzenthaler deutlich. Sie zeigen eindrucksvoll die einst prächtige „Enfilade" (Zimmerflucht) des herzoglichen Palais mit einer durchgehenden Anordnung von Räumen ohne verbindende Korridore als Ausdruck höfischer Etikette. Besondere Sichtachsen werden frei auf das nachbarliche Schloss, den Schlossgarten und auch die Huntestraße, auf Räumlichkeiten, deren üppige Ausstattung mit kostbarem Mobiliar, wertvollen Gemälden und anderen Kunstgegenständen im Verlauf der Geschichte in Vergessenheit geriet.

So war die dem historischen Vorbild entsprechend übergreifende grundrissliche Beordnung des Erd- und ersten Obergeschosses von primärer Bedeutung, um einschließlich notwendiger Veränderungen und Korrekturen an den rückwärtigen Gebäudezugängen die Voraussetzungen für eine geeignete Museumsnutzung zu schaffen.

Ein begrenzter Finanzierungsrahmen zwang jedoch oftmals dazu, baulich rekonstruierende Maßnahmen zurückzustellen, zu verlegen oder dergestalt neu zu definieren, dass zugunsten vorrangiger Prioritäten vielerorts Brüche und Narben – wie zum Beispiel im Bereich der Stuckdecken – als Verweis auf späteren Sanierungsbedarf stehen bleiben mussten. Über den Haupteingang am Damm oder über den im Bereich der ehemaligen Durchfahrt im Rückraum behindertengerecht hergerichteten Zugang erschließt sich dem Besucher gerade auch in dem älteren Bauteil Slevogts die prächtige „Enfilade" einst höfischer Räumlichkeiten jetzt als qualitätsvolle Reihung von Sammlungsräumen und Bereichen für Wechselausstellungen mit einer Gesamtfläche von fast 1000 m^2.

Eine leichte Metallbrücke erschließt über die historische Durchfahrt hinweg den späteren Südflügel, der neben Ausstellungsflächen vorwiegend die Museumsverwaltung unterbringt. Über das sogenannte pompejanische Treppenhaus – in seiner Dekorationsmalerei zu Beginn der 1980'er

Das ehemalige Empfangszimmer während der Umbauphase 2002

Franz Titzenthaler, Das ehemalige Arbeitszimmer der Prinzen, um 1890

Jahre bereits aufwendig restauriert – führt der Weg zu dem großen Festsaal des Palais, der, wie sein über der Durchfahrt gelegener und von Zwischenwänden befreiter Vorraum, eine aufwendige restauratorische Befunddokumentation erfuhr, derzeit allerdings nicht Gegenstand der Wiederherrichtung sein konnte. Während im Südflügel auf den Festsaal die Museumsbibliothek sowie weitere Verwaltungsräume folgen, beginnt über das weitestgehend unversehrte, mit Wandbekleidungen, Spiegeln- und Fresken wertvoll ausgestattete ehemalige Arbeitszimmer der Prinzen wie im Erdgeschoss die Reihung der Galerieräume mit ihren eindrucksvollen Blickbeziehungen. Durchgängige Befundsicherungen über alle wesentlichen Bauteile bildeten die Voraussetzung dafür, die Museumsräume fast durchgängig in hellen, reversibel gehaltenen Farbfassungen zu präsentieren.

Vereinzelte Primärdokumentationen besonders prägnanter Befunde und die für spätere Restaurierungen im Flur des Südflügels bereits vorbereiteten und farblich eingebundenen Wandmalereien bilden davon zunächst die Ausnahme. Schließ-

Blick über Schloss und Palais, 2003

lich wiedererstehen die aufwendig und materialgetreu aufgearbeiteten Dielen- und Parkettböden vor dem Betrachter wie Phönix aus der Asche und passen sich in der strengen Ordnung ihrer Muster wie selbstverständlich in ein längst vergessenes Bild formaler Geschlossenheit ein.

Lothar Gressieker

*Eduard Schleich:
Abendstimmung mit
Windmühlen, um 1855
LMO 26.069*

Malerei des 19. Jahrhunderts

Landschaftsmalerei im 19. Jahrhundert

War die Landschaftsmalerei des 18. Jahrhunderts, das man auch als das Jahrhundert des Bildnisses bezeichnet, kaum schöpferisch eigenständig, so änderte sich dies erst wieder im frühen 19. Jahrhundert mit der aufkommenden Romantik. Das 19. Jahrhundert wurde das Jahrhundert der Landschaftsmalerei. Es kam zu ganz neuen landschaftlichen Motiven aus heimischer Topographie und vertrauten Lebensräumen. Neu war auch die Art und Weise, wie Menschen und natürliche Umgebung zueinander in Beziehung gesetzt wurden. Darüber hinaus spielte jetzt die Wiedergabe bestimmter Tages- und Jahreszeiten (Morgenröte, Dämmerung, Frühsommer,

*Carl Gustav Carus:
Meeresküste im
Mondschein, 1823
LMO 8.437*

Spätherbst etc.) oder Witterungszustände (Nebel) eine große Rolle.

Zu den Vertretern der romantischen Malerei zählt Carl Gustav Carus (1789-1869). Der promovierte Mediziner siedelte als Professor nach Dresden über und avancierte zum Direktor der dortigen Geburtshilflichen Klinik, 1827 zum königlichen Leibarzt. Carus war sowohl mit Johann Wolfgang von Goethe als auch mit Caspar David Friedrich befreundet. Er veröffentlichte zahlreiche kunsttheoretische, medizinische und psychologische Schriften und wurde, obwohl als Maler Autodidakt, der bedeutendste Theoretiker der romantischen Landschaftsmalerei. Sein Bild *Meeresküste im Mondschein* stammt aus dem Jahr 1823. Vordergründig scheint es stark von Friedrich beeinflusst zu sein, doch fehlt im Bild die für dessen Malerei charakteristische menschliche Figur. Dennoch ist das Bild dem Geist der Romantik verpflichtet. Die unmittelbare Gegenüberstellung des irdischen Nahbereichs mit Felsen und umgedrehten Boot mit der als göttlich angesehenen Ferne in Gestalt des Mondes ist ein klassisches Themenmotiv romantischer Malerei. Sie folgt in aller Regel einem dualistischen Prinzip zwischen

Carl Rottmann:
Griechische Landschaft,
um 1834
LMO 15.731

dunkler, aber körperlicher Nähe und lichtdurchfluteter, nicht physisch erreichbarer Ferne. Der obere halbkreisförmige Abschluss des Bildes suggeriert zudem den Blick aus einem Fenster oder einer Arkade und gibt dem Bild meditativer Stille auch im Format einen sakralen Bezug.

Carl Rottmann (1797-1850) gehört mit seinen Werken zu den Vertretern einer idyllischen Landschaftsmalerei. Die Kunstform der Idylle entstand am Ende des 18. Jahrhunderts sowohl in der Dichtung als auch in der Malerei als eine Verbindung von alter Arkadiensehnsucht mit Erfahrungen des tatsächlichen bäuerlichen Lebens. Die beschränkte Wirklichkeit in der Welt des Biedermeier wurde selbst zur Idylle erklärt. Hatten die Aufklärer noch nach einem Leben in gesellschaftlicher Freiheit und Gleichheit getrachtet, bei Verzicht auf einige kulturelle Errungenschaften zugunsten eines erfüllteren Lebens in der Natur, so war die nachfolgende Zeit der Restauration von der Verklärung der gegenwärtigen bürgerlichen Verhältnisse mit all ihrer Einschränkung als natürliches Ideal des Menschen geprägt.

In der Malerei ging der überwiegend hoffnungsvolle Charakter der Bildinhalte zwischen 1800 und 1825 verloren. Seit den

1830er Jahren sind die Bilder in ihrer Aussage eher resignativ oder melancholisch. Das Bild *Griechische Landschaft* gehört in diesen Kontext. Es zeigt eine karge Landschaft, die als ihren Höhepunkt einen abgestorbenen Baumstumpf auf einem Hügel als weithin einziges topografisches Merkmal vor Augen führt. Vom Horizont ziehen bedrohliche Gewitterwolken auf, im Vordergrund sieht man einen Schäfer mit seiner Herde. Die Natur dominiert auch über die Menschen, sie zeigt am Baumstumpf ihr zerstörerisches Werk. Auf anderen Bildern stellte Rottmann zusätzlich Ruinen aus der großen altertümlichen Vergangenheit Griechenlands dar. Die Menschheitsgeschichte wird auf solchen Bildern zur Randnotiz der Erdgeschichte. Rottmanns Werke lehren die Bedeutungslosigkeit menschlichen Handelns vor dem Hintergrund der Naturkräfte. Alles folgt dem ewig gleichen Rhythmus von Werden und Verfall, mithin einem Naturgesetz, dem sich auch der Mensch beugen muss.

1834 unternahm Carl Rottmann im Auftrag des Bayernkönigs Ludwig I. eine Griechenlandreise, um Eindrücke für seinen Auftrag eines Wandbildzyklus zu sammeln. Dieser wurde ein Teil der Landschaftsfresken in den Münchner Hofgartenarkaden. Das Oldenburger Bild muss im Zusammenhang mit dieser Auftragsreise gesehen werden.

Die Faszination für das Europa südlich der Alpen hat in der Kulturgeschichte des Nordens eine lange Tradition, die bis in

Carl Spitzweg:
Wanderer in Landschaft
mit Burgruine
LMO 23.795

die Renaissance zurückreicht. Mehr noch als Griechenland war es Italien, das die Sehnsucht vieler Künstler beflügelte. Schon Albrecht Dürer hat das Land der klassischen Antike bereist und deren geistig-kulturelle Wiedergeburt erlebt. Ein Aufenthalt in Italien, und vor allem in Rom, war fortan ein immer fester werdender Bestandteil einer soliden Künstlerausbildung. So vergaben Kunstakademien oder auch wohlhabende Landesherren großzügige Romstipendien, die ein oder auch mehrere Jahre dauern konnten. Sie versetzten die Künstler in die Lage, die Bildwerke der Antike eingehend zu studieren und sie für ihre Arbeiten nutzbar zu machen. So bildete sich im 18. Jahrhundert eine ganze Kolonie deutscher Künstler in Rom, zu der auch die Oldenburger Hofmaler Johann Heinrich Wilhelm Tischbein (1751-1829) und Ludwig Philipp Strack (1768-1836) gehörten.

Auch im 19. Jahrhundert hatte Rom nichts von seiner Anziehungskraft für Künstler verloren. Viele flohen vor der Erfolglosigkeit in ihrer Heimat und hofften im sonnigen Süden auf Besserung ihrer Lebensumstände. Maler wie Arnold Böcklin, Anselm Feuerbach, Oswald Achenbach und Ernst Willers, die mit Bildern in der Oldenbur-

Ernst Willers:
Felswand bei Cervara,
1842
LMO 24.103

*Ernst Willers:
Blick auf Olevano mit figürlicher Staffage, 1843
LMO 25.292*

ger Sammlung vertreten sind, können an dieser Stelle genannt werden.

Der gebürtige Oldenburger Ernst Willers (1803-1880) verbrachte einen Großteil seines Lebens in der italienischen Metropole, nachdem er sein künstlerisches Rüstzeug an den Kunstakademien in Düsseldorf und Dresden erlernt hatte. In der Gegend von Rom, in Olevano, Subiaco, Ariccia und Tivoli fand der Landschaftsmaler seine Motive, die er in zahlreichen Gemälden, Ölstudien und Zeichnungen festhielt.

Wenige Jahre nach Rottmann brach auch Ernst Willers 1843 und erneut 1857 bis 1859 zu Griechenlandreisen auf, finanziert jeweils vom Oldenburger Großherzog. Eine große Anzahl Ölskizzen entstanden dort, aus denen der Künstler später einen großen Griechenlandzyklus für das Schloss in Oldenburg entwickeln sollte. 1861 wurde Willers zum Oldenburger Hofmaler ernannt und arbeitete bis 1864 für zahlreiche Auftraggeber in Norddeutschland. Ungeachtet seiner Übersiedlung nach München im Jahre 1864 wurde der Künstler vier Jahre später in das Planungskomitee zur Ausschmückung des Treppenhauses im Augusteum zu Ol-

*Oswald Achenbach:
Die Villa d'Este, 1897
LMO 15.746*

*Anselm Feuerbach:
Meeresküste Porto d'Anzio,
1866
LMO 15.732*

denburg berufen, wo man nach seinem Tode im Jahre 1880 seinen künstlerischen Nachlass in einer Ausstellung präsentierte.

Oswald Achenbach (1827-1905) begann bereits mit zwölf Jahren seine Ausbildung an der Düsseldorfer Akademie. Es schloss sich ein Malunterricht bei dem älteren Bruder Andreas an, dann folgte eine Zeit der intensiven Studienreisen durch Bayern, die Schweiz und Norditalien. Spätere Reisen führten ihn nach Mittel- und Südita-

lien. Oswald Achenbach entwickelte sich zu einem Maler wirklichkeitsnaher Volksszenen und farbenfroher Schilderungen der südlichen Landschaft. Das Bild *Die Villa d'Este* entstand 1897 und somit lange nach seiner letzten Italienreise. Es zeigt die parkähnliche Anlage der Villa von einem erhöhten Betrachterstandpunkt aus und eingetaucht in mildes südliches Sonnenlicht.

Anselm Feuerbach (1829-1880) lebte von 1856/57 bis 1872 in Rom. Zuvor hatte auch er an der Düsseldorfer Akademie studiert (1845-48). Es folgten Studien in München, Antwerpen und Paris. Aber erst die Begegnung mit Bildern von Raffael

Andreas Achenbach:
Mühlenwehr, 1882
LMO 15.742

und Andrea del Sarto in Italien führten zu starken Eindrücken, die Feuerbachs eigenes Streben nach Formenruhe im Zusammenspiel mit einer ausgewogenen Komposition und würdevollem Ausdruck unterstützten. Das Gemälde *Meeresküste Porto d'Anzio* von 1866 ist wahrscheinlich eine Vorstudie zu Feuerbachs Komposition „Medea", in der das Küstenmotiv fast unverändert als Hintergrund erscheint.

*Thomas Herbst:
Seilerbahn, um 1880
LMO 11.498*

In der zweiten Hälfte des 19. Jahrhunderts lösten sich immer mehr Künstler von Italien und wandten sich zunehmend den Ereignissen und neuen Richtungen zu, die von Frankreich kommend ihren Siegeszug antraten. Dazu gehörte vor allem der Impressionismus, der sich in Deutschland aber erst gegen 1900 durchzusetzen begann (siehe hierzu den Abschnitt über die Berliner Sezession). Doch gab es schon lange vorher Anzeichen einer neuen, farb- und lichtbetonten Malerei. Genannt sei hier das Werk des gebürtigen Hamburgers Thomas Herbst (1848-1915). Nach anfänglichem Unterricht an der Frankfurter Städelschule wechselte Herbst an die private Malschule von Carl Steffeck in Berlin. Hier lernte er Max Liebermann kennen, mit dem er an die Akademie in Weimar wechselte. In Paris kreuzten sich beider Wege erneut und die Maler bildeten eine Zeit lang eine Ateliergemeinschaft. Nach einem gemeinsamen Aufenthalt in München trennten sie sich 1884 – Liebermann ging nach Berlin, Herbst in seine Geburtsstadt Hamburg. Dort entwickelte sich Herbst zu einem überragenden Freilichtmaler, der das kleine Format bevorzugte. Ungewöhnlich groß in seinem Oeuvre ist das Oldenburger Bild *Seilerbahn*, das er um 1880 malte. Im Unterschied zum reinen französischen Impressionismus gab er die tonale Malerei, also die Verwendung von herkömmlichen erdverbundenen Braun- und Grautönen, nicht auf. Dennoch ging es auch Thomas Herbst um die Wiedergabe der von ihm erlebten Lichtstimmungen in den Elbmarschen nördlich von Hamburg.

Historienmalerei im 19. Jahrhundert

Die Landschaftsmalerei war im frühen 19. Jahrhundert an den deutschen Kunstakademien als Lehrfach noch nicht etabliert, im Jahre 1826 wurde sogar die kurz zuvor eingerichtete Professur für dieses Fach an der Münchner Akademie wieder gestrichen. Die dominierende Rolle spielte bis in das wilhelminische Kaiserreich hinein die Historienmalerei, also die bildliche Inszenierung von Themen und Ereignissen aus der antiken My-

Carl Rahl:
Orest – von Furien verfolgt,
1852
LMO 15.741

thologie, der Bibel, aus Volksmärchen und Belletristik oder der Geschichte. Diese wichtigste und akademisch höchst angesehene Gattung der Malerei im 19. Jahrhundert setzte infolgedessen einen gewissen Grad an humanistischer Bildung voraus.

Der Wiener Maler Carl Rahl (1812-1865) war einer der einflussreichen Vertreter der Historienmalerei. Im Auftrage des Oldenburger Großherzogs Nikolaus Friedrich Peter (1827-1900) entstanden Porträts des Großherzogs und seiner Frau Elisabeth, des griechischen Königspaares Otto und Amalie sowie des Malers Ernst Willers. Darüber hinaus fertigte Rahl auch einen Dekorationsentwurf für den Festsaal des Prinzenpalais an. Da dieses Projekt sich jedoch als kostspielig erwies, wurde es nie umgesetzt. Rahls Schüler an der Wiener Malschule, Christian Griepenkerl, erging es in diesem Punkt besser. Seine Wand- und Deckengemälde für das Treppenhaus des Augusteums wurden realisiert und können dort noch heute eingehend studiert werden. 1852 malte Rahl das kapitale Bild *Orest – von Furien verfolgt*. Die dargestellte Szene lässt sich in Gustav Schwabs Buch *Die klassischen Sagen des Altertums*, das 1837 erschien,

Arnold Böcklin:
Susanna im Bade, 1888
LMO 13.996

Anselm Feuerbach: Amazonenschlacht LMO 15.733

nachlesen. Bei *Orest und die Eumeniden* heißt es: Die „Töchter der Nacht [...], von entsetzlicher Gestalt, übermenschlich groß, mit blutigen Augen, Schlangen in den Haaren, Fackeln in der Hand, in der andern aus Schlangen geflochtene Geißeln, verfolgten (sie) den Muttermörder auf jedem Schritt und Tritt und sandten ihm ins Herz die nagenden Gewissensbisse und die quälendste Reue".

Die biblische Historie ist im ehemaligen Prinzenpalais mit einem Werk Arnold Böcklins (1827-1901) vertreten. 1888 entstand *Susanna im Bade*. Von dem Ereignis berichtet das Buch Daniel. Dort wird geschildert, wie zwei Greise die liebreizende und fromme Frau beim Bade beobachten. Böcklin zeigt den Moment, in dem Susanna die beiden bemerkt und sich vor deren Blicken zu schützen sucht. Der Künstler beweist hier Sinn für psychologische Dramatik, denn die Gesten und Mimiken der dargestellten Personen sind bis auf das äußerste affektgeladen. Die Geschichte der badenden Frau und der beiden zunächst heimlichen Beobachter hat in der Kunstgeschichte eine lange Tradition. Oft bot das Thema einen willkomme-

*Gabriel von Max:
Julia Capulet am
Hochzeitsmorgen,
1874
LMO 8.176*

nen Anlass, die Schönheit des nackten weiblichen Körpers auf legitimierte Art und Weise zeigen zu können – eingebettet in den Kontext der Heiligen Schrift. Der Ort des Geschehens wurde dabei von den Künstlern höchst unterschiedlich interpretiert, bei Böcklin ist es ein mediterran anmutender Park. Dass Kunst auch ein weltanschauliches Instrumentarium sein kann, beweist die Tatsache, dass gerade dieses Bild als Beleg für den Antisemitismus des Malers herangezogen wurde.

Auch die Weltliteratur bot den Künstlern des Historismus eine Fülle von Motiven. Gabriel von Max (1840-1915) nahm sich William Shakespears Drama „Romeo und Julia" als Vorbild. Wir sehen *Julia Capulet am Hochzeitsmorgen* scheintot auf dem Bett liegen. Die Handlung hat sich zugespitzt, nachdem Julia vom angeblichen Tod ihres Geliebten Romeo gehört hatte. Am Tag vor ihrer Hochzeit beschloss sie deshalb, sich zum Schein zu vergiften. Durch das Fenster an der rückwärtigen Wand sieht man den herannahenden Bräutigam mit seinem Gefolge. Der Maler gestaltete das Interieur ganz im Sinne des Historismus als prachtvollen Raum mit üppiger Innenausstattung und schweren Vorhängen. Dazu passt auch das aufwendig gestaltete Kleid der Julia.

Moritz von Schwind:
Der Prinz findet Aschen-
brödels Schuh, um 1852
LMO 14.005

Neben diesen ‚klassischen' Literaturvorlagen wurden im 19. Jahrhundert auch vermehrt Themen aus Volksmärchen in Gemälden verarbeitet. Hier konnten die Künstler die Handlungen an besonders fantasievollen Orten spielen lassen. Der Wiener Moritz von Schwind (1804-1871) wählte das Märchen vom *Aschenputtel*. Die Ölskizze *Der Prinz findet Aschenbrödels Schuh* entstand um 1852 und ist offensichtlich eine Vorstudie zu einem vierteiligen Gemäldezyklus gleichen Themas, den der Künstler 1854 fertig stellte. Wie sehr der Stoff, der literarisch in dem Kompendium der *Kinder- und Hausmärchen* der Gebrüder Grimm seit 1819 vorlag, auch auf andere inspirierend wirkte, beweist Rossinis musikalische Umsetzung in die Oper „La Cenerentola", die 1817 uraufgeführt wurde. Von Schwind gestaltete eine aufwendige, dramaturgisch überhöhte Szene, die nicht nur die am Boden handelnden Personen, sondern auch eine sich darüber aufbauende Ansammlung puttenähnlicher Gestalten und eine bekrönte Frau mit einem Kind im Arm als eine Art himmlische Heerschar in barockem Pathos zu erkennen gibt.

Hans Makart:
Bildnis Helene von Racowitza,
1874
LMO 15.751

Porträtmalerei

Einer der großen Historienmaler in der Zeit des Historismus war der Wiener „Malerfürst" Hans Makart (1840-1884). Sein Atelier galt als Treffpunkt für Künstlerkollegen, Musiker und die übrige Wiener Gesellschaft. Makart liebte es, seine Modelle in historische Kostüme zu kleiden und dann zu porträtieren. Ein Beispiel dafür ist das *Bildnis Helene von Racowitza* aus dem Jahr 1874. Aus den Erinnerungen der Porträtierten erfahren wir folgendes: „In jene Zeit auch fiel es, daß ich ihm zu allem möglichen saß, was ihm durch den Kopf ging: bald sollte es eine griechische Bacchantin – bald irgendeine Gestalt auf einem seiner großen Gemälde sein – bald eine Venezianer Dogin kurz, stets neues – anderes entstand unter seinem Pinsel. Wirklich porträtähnlich war keines der Bilder, am wenigsten, die er wirklich als mein Bildnis geben wollte." Für das Oldenburger Werk kleidete sich die Gräfin Racowitza in ein Samtkleid mit Brokatverzierung nach der Mode des 16. Jahrhunderts. Es ist mehr ein Kostümbild, das von der Vorliebe des Künstlers für historische Kleidung zeugt, als ein Bildnis, in dem die möglichst authentische Wiedergabe eines bestimmten Menschen angestrebt wird. Der Sozialistenführer Ferdinand Lassalle verliebte sich in die Gräfin und kam beim Duell mit seinem Nebenbuhler ums Leben. Adolf von Menzel (1815-1905) folgte in seinem *Damenporträt mit schwarzem Barett* ebenfalls der Mode des Kostümbildnisses. Anders als Makart war Menzel aber offensichtlich sehr darauf bedacht, sein Modell so authentisch wie möglich wiederzugeben. Dafür spricht die malerische Erfassung einer Hauterkrankung der Dargestellten.

Der Bildnis-, Landschafts- und Historienmaler Wilhelm Trübner (1851-1917) schuf 1902 das repräsentative Porträt der Ma-

*Adolf Menzel:
Damenporträt mit
schwarzem Barett
LMO 14.003*

lerin Lina von Schauroth als *Reiterin*. Man könnte angesichts der Genauigkeit, mit der Mensch und Tier wiedergegeben sind, fast von einem Doppelporträt sprechen. Es scheint, als ob der Auftraggeberin das Miteinbeziehen ihres Pferdes besonders wichtig war. Vom Typus her steht dieses Porträt in der Tradition von Herrscherbildnissen, die in Anlehnung an Reiterdenkmäler die herausgehobene gesellschaftliche Stellung des Porträtierten hoch zu Pferde betonen sollten.

Neben Arnold Böcklin ist auch der Symbolist Franz von Stuck (1863-1928) mit zwei Werken im Prinzenpalais vertreten. Der vielseitige Künstler malte repräsentative Bildnisse, heiter bukolische Szenen und ganz besonders mystisch-symbolistische Darstellungen. Gerade letztere Motive sind sehr düster gehalten und von giftigen Farben bestimmt. Sein Bild *Kleopatra*, um 1896 entstanden, ist dafür ein anschauliches Beispiel. Über die Schulter blickt sie den Betrachter selbstbewusst und herausfordernd an. Sie ist als Brustbild gegeben, was dem Werk Züge eines Porträts verleiht, so als ob die legendäre

Wilhelm Trübner:
Reiterin, 1902
LMO 11.552

*Franz von Stuck:
Kleopatra, um 1896
LMO 13.991*

ägyptische Königin eine Zeitgenossin Stucks gewesen wäre und für das Bild selbst Modell gesessen hätte. Die zahlreichen Legenden, die sich um die Dargestellte rankten und die ihre sagenhafte Schönheit und ihre Klugheit verherrlichten, machten Kleopatra für Stuck zu einem Paradebeispiel seines immer wiederkehrenden Motivs der „femme fatale". Der Symbolismus, dem sich auch Stuck verschrieben hatte, war eine Richtung, die zuerst in Frankreich um 1885 in der Literatur auftrat, später dann auch in die Malerei Einzug erhielt. Die Künstler opponierten gegen den Realismus und den Impressionismus und suchten Gedankliches durch Symbole auszudrücken. Der Name der Bewegung stammt im übrigen von dem 1886 im „Le Figaro" veröffentlichten „Symbolistischen Manifest" von Jean Moréas. Der Symbolismus zeichnete sich besonders durch seinen mystischen Einschlag aus. Von der Formensprache neigte er zum Dekorativen und ist hierin dem Jugendstil durchaus verwandt.

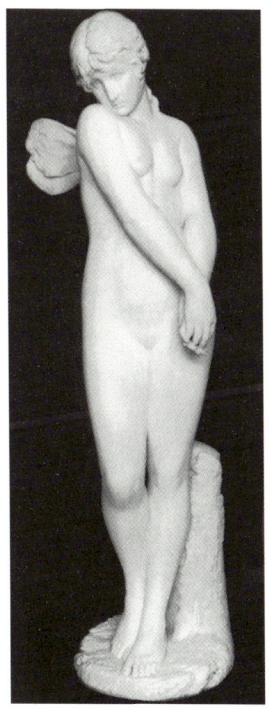

*Gustav Eberlein:
Trauernde Psyche, 1896
LMO 13.586*

Malerei des 20. Jahrhunderts

Künstlerkolonie Worpswede

1884 begann mit dem ersten Besuch Fritz Mackensens in dem kleinen Ort nördlich von Bremen die Geschichte der Künstlerkolonie Worpswede. Zwischen 1889 und 1896 ließen sich dann nach und nach Fritz Mackensen, Otto Modersohn, Carl Vinnen, Heinrich Vogeler, Hans am Ende und Fritz Overbeck hier nieder. Sie alle hatten an den Kunstakademien in Düsseldorf oder München studiert, konnten sich aber mit den künstlerischen Idealen des Historismus nicht anfreunden. In ihrem Streben nach einer neuen Ausdrucksform in der Landschaftsmalerei reizte sie nun das bis dato völlig unbekannte und urwüchsige Teufelsmoor mit seinen ständig wechselnden Lichtstimmungen. 1895 gingen die Worpsweder mit ihrem künstlerischen Ertrag erstmals an die Öffentlichkeit. Zunächst stellten sie in der Kunsthalle Bremen aus und ernteten in der dortigen Presse überwiegend ablehnende Kritik. Ihr Naturalismus entsprach nicht den Sehgewohnheiten des Bremischen Kunstpublikums, das über die ausgestellten Werke spottete. Umso überraschender kam für die jungen Worpsweder der Besuch von Eugen Stieler, dem Präsidenten des Münchner Glaspalastes, der sie als gesamte Gruppe zur nächsten „Jahresausstellung von Kunstwerken aller Nationen im Glaspalast zu München" einlud. Dort gelang ihnen ein spektakulärer Durchbruch. Fritz Mackensen erhielt für sein Gemälde „Gottesdienst im Freien", das sich heute im Historischen Museum in Hannover be-

Clara Rilke-Westhoff:
Heinrich Vogeler, 1901
LMO 16.723

Otto Modersohn: Überschwemmung, um 1910 LMO 15.761

findet, die Goldmedaille, und der Bayerische Staat kaufte für die Pinakothek Otto Modersohns „Sturm im Teufelsmoor".
Um 1910 malte Modersohn (1865-1943) die *Überschwemmung*. Das Bild entstand zu einem Zeitpunkt, an dem der Künstler bereits nach Fischerhude umgezogen war. Die zentralperspektivisch angelegte Komposition lebt von dem vehementen Pinselduktus und dem kräftigen Kolorit. Modersohn verhalf der Farbe zu eigenem Recht und steigerte die Intensität des blauen Wassers sowie der gelben Landzunge. *Die Überschwemmung* zeigt, wie sehr sich der Maler vom Naturalismus und der tonalen Malerei der früheren Jahre entfernt hatte.

Außer Eugen Stieler besuchte auch die damals 19jährige Absolventin des Bremer Lehrerinnenseminars Paula Becker (nach der Hochzeit mit Otto Modersohn im Jahre 1901 trug sie den Doppelnamen Modersohn-Becker) die besagte Ausstellung der Worpsweder in der Kunsthalle Bremen. Für die junge Frau, die in ihrer Freizeit Malstunden bei Bernhardt Wiegandt nahm, geriet der Besuch zu einer Art Offenbarung – so sehr faszinierte sie die neuartige Bilderwelt. 1898 zog sie nach Worps-

Paula Modersohn-Becker: Stillleben mit Orangen und Steinguthund, 1907 LMO 7.558

Paula Modersohn-Becker: Mädchen mit Puppe, um 1903 LMO 20.204

wede und erhielt Privatunterricht bei Fritz Mackensen, da es Frauen im Wilhelminischen Kaiserreich noch nicht gestattet war, ein Akademiestudium zu absolvieren. Zum Jahreswechsel 1899/1900 reiste Paula Becker für ein halbes Jahr nach Paris, um sich dort an der Akademie Cola Rossi künstlerisch weiterzuentwickeln, aber auch den unmittelbaren und entscheidenden Zugang zur französischen Kunst zu finden. So sah sie bei dem Kunsthändler Vollard zum erstenmal Bilder des damals in Deutschland noch gänzlich unbekannten Paul Cézanne. Kompositionen wie das *Stillleben mit Orangen und Steinguthund* von 1906/07 belegen den Einfluss des großen Franzosen auf das Werk der Malerin, die es aber dennoch kraft ihrer eigenen Ausdrucksmöglichkeiten nie zu einer bloßen Nachahmung kommen ließ.

Außer den Stillleben gehörten immer wieder Frauen und Kinder zu ihren Lieblingsthemen. Von letzterem zeugen das *Mädchen mit Puppe* (um 1903) sowie *Kniendes Kind vor blauem Vorhang* (um 1906).

Zwischen 1900 und 1907 führte Paula Modersohn-Becker ein produktives Leben als Künstlerin in Worpswede und Paris, wo sie sich viermal für längere Zeit aufhielt.

Als sie 1907 im Alter von 31 Jahren starb, hinterließ sie mehr als 400 Gemälde.

Heinrich Vogeler (1872-1942) war wohl die vielseitigste Worpsweder Künstlerpersönlichkeit, denn er war nicht nur Maler, Grafiker, Illustrator und Kunstgewerbler, sondern auch Architekt und Sozialreformer. Beeinflusst vom Engländer William Morris und dessen Arts & Crafts-Bewegung, aber auch von dem Architekten Charles Rennie Macintosh und dem Illustrator Aubrey Beardsley, ging Vogeler seinen ganz eigenen, am Kunstschaffen in England und Schottland orientierten Weg. Er war kein Landschaftsmaler, der sich wie am Ende, Mackensen, Modersohn und Overbeck an der Schule von Barbizon anlehnte, sondern sich den präraffaelitischen Malern innerlich verbunden fühlte. Darüber hinaus strebte Vogeler eine ganzheitliche Gestaltung an. So verwandelte er allmählich Haus und Garten seines Domizils Barkenhoff in ein Gesamtkunstwerk.

Einen kleinen Eindruck vom Inneren des Barkenhoffs vermittelt das Bild *Papagei am Fenster* von 1906. Es ist ein typisches Beispiel dafür, dass Vogeler in seiner Malerei helle, aber auch kalte Farben bevorzugte und sich somit deutlich von den Worpsweder Künstlerkollegen unterschied. Davon zeugt auch das Gemälde *Frühling*, das 1913 entstand. Zudem stellt der Künstler in dem Bild die üppige Vegetation als ein dekoratives Element dar und folgte darin ganz dem Jugendstil. Kein anderer in der Künstlerkolonie malte solchermaßen lyrisch-verklärte Landschaften, in denen nicht die Worpsweder Bauern und Moorarbeiter ihrer schweren Arbeit nachgingen, sondern Frauen in prächtigen Kleidern sich dem Müßiggang verschrieben. Oftmals war es seine Frau Martha oder auch, wie im *Frühling* Vogelers älteste Tochter Mieke, die dem Maler Modell auf einer selbstangelegten Insel im Teich des Barkenhoffs saß.

Als dieses Bild entstand, hatte sich das Ehepaar Vogeler bereits auseinander ge-

Heinrich Vogeler:
Papagei am Fenster, 1906
LMO 13.733

*Heinrich Vogeler:
Frühling, 1913
LMO 15.762*

lebt, war das Familienidyll innerlich zerstört. Heinrich Vogeler meldete sich schließlich im Ersten Weltkrieg freiwillig als Soldat nach Oldenburg. Durch die Erfahrungen des Krieges wurde er zum Pazifisten und Sozialisten und gründete nach seiner Rückkehr auf dem Barkenhoff, der auf so vielen Gemälden und Grafiken von ihm verewigt worden war, eine Kommune mit etwa zwanzig gleichgesinnten Menschen, darunter Handwerker, Arbeitslose und Kriegsversehrte.

Oldenburger Künstler

Ein zentrales Ereignis für das Kunstleben Oldenburgs war die „Nordwestdeutsche Kunstausstellung" im Rahmen der „Landes-, Industrie- und Gewerbeausstellung" von 1905. Im Vorfeld kam es bereits 1904 zur Gründung des „Oldenburger Künstlerbundes". Außerdem organisierte sich die „Vereinigung nordwestdeutscher Künstler", vom eigenen Anspruch her eine Gruppe bodenständiger und landschaftlich verbundener Künstler, die – so die Satzung – „ihre gemeinsame Eigenart auf den Ausstellungen zum Ausdruck bringen sollte."

Auf der überregional beachteten Schau war der Worpsweder Heinrich Vogeler in dem von Peter Behrens entworfenen Ausstellungsgebäude an zentraler Stelle vertreten. Vogelers Malerei gewann jetzt auch Einfluss auf den Oldenburger Maler Hugo Duphorn (1876-1909). Dessen Werk *Morgen am Teich von Rastede* aus dem Jahr 1906 lebt von derselben poetischen Stimmung und der dekorativen Wiedergabe der Vegetation. Seine malerischen Ziele beschrieb Duphorn 1902 in einem Brief an seine Frau: „Es soll nur eine Schilderung des Sonnenlichts, der Ruhe, der Einsamkeit werden. Das große Ewigkeitsgefühl, das mich stets packt, wenn ich mich in die Natur versenke, ist das, was ich wiederzugeben suche." Mit dieser Natur- und Lichtmetaphorik verrät Duphorn sogar eine deutliche Neigung zur Romantik. Der ganze Bildaufbau mit irdischer Nähe im Bildvordergrund und lichtdurchfluteter Ferne entspricht dieser Auffassung genauso wie die einsam in der Natur stehende Frau, die in Betrachtung eben dieser Ferne versunken ist. Das Werk ist mithin

Hugo Duphorn: Morgen am Teich von Rastede, 1906 LMO 10.863

Paul Müller-Kaempff:
Der einsame Reiter, um 1900
LMO 14.221

Marie Stein-Ranke:
Bildnis Georg Müller vom Siel,
1908
LMO 17.647

eine gelungene Synthese aus Romantik und Jugendstil. Nur drei Jahre nach der Entstehung dieses Gemäldes kam Hugo Duphorn gemeinsam mit seinem Sohn und einem Freund in seiner Wahlheimat Schweden ums Leben, weil das dünne Eis eines Sees sie nicht trug.

Paul Müller-Kaempff (1861-1941), Gründungsmitglied des „Oldenburger Künstlerbundes", hatte 1882 seine Geburtsstadt verlassen und Malerei an den Kunstakademien in Düsseldorf, Karlsruhe und Berlin studiert. Ab 1889 fand er an der mecklenburgischen Ostseeküste seine künstlerische Heimat, und gründete auf der Halbinsel Darß die Künstlerkolonie Ahrenshoop, wo er sich zudem ab 1894 erfolgreich mit einer Malschule etablierte. Um 1900 entstanden in Ahrenshoop die Bilder *Power Dörp* und *Der einsame Reiter*, das mit seinem langgezogenen Querformat die Weite und Tiefe der Landschaft erahnen lässt. Virtuos setzte Müller-Kaempff, der auch ein exzellenter Zeichner war, die schnell wechselnden Farb- und Lichtwerte an der Küste um. Die Schattenzone im Vordergrund führt den Betrachter in das Bild *Der einsame Reiter* ein und lässt die sonnigen Partien umso impressiver erstrahlen.

Müller-Kaempff blieb zeitlebens mit Oldenburg verbunden. Regelmäßig war er auf Ausstellungen des Oldenburger Kunstvereins mit Werken vertreten und zeigte seine Verbundenheit mit der Region auch durch die Mitgliedschaft im „Oldenburger Künstlerbund" sowie in der „Vereinigung Nordwestdeutscher Künstler".

Ein herausragender Maler und Grafiker dieser Region war Georg Bernhard Müller vom Siel (1865-1939). Ihn zog es zunächst in die großen Kunstmetropolen der Welt. 1880 und 1885 hielt er sich in New York auf, unterbrochen von Akademiestudien in München und Antwerpen. Zwischen 1886 und 1889 besuchte Müller vom Siel die École des Beaux Arts Concours d'émulation in Paris. Es folgte später noch ein Studienaufenthalt an der Berliner Akademie. Im Auftrag des Großherzogs Nikolaus Friedrich Peter von Oldenburg schuf Müller vom Siel nicht nur im Pariser Louvre Kopien nach Alten Meistern, u.a. Leonardo da Vinci, sondern tat das gleiche anschließend auch im Augusteum zu Oldenburg. Zudem entdeckte er auf einer seiner Wanderungen durch das Oldenburger Land den kleinen Ort Dötlingen und ließ sich 1896 ganz dort nieder. Hier fand er die bevorzugten Themen seiner Kunst: ein Dorf mit altem Baumbestand und pittoresken Bauernhäusern sowie eine weitläufige Geest-, Heide- und Flusslandschaft. In der Wildeshauser Geest schuf der Maler zahlreiche Bilder zwi-

Georg Bernhard Müller vom Siel: Landstraße bei Kirchhatten, um 1900 LMO 14.937

Georg Bernhard Müller vom Siel: Birkenwald am Teich (Leihgabe aus Privatbesitz)

schen naturalistischer und impressionistischer Auffassung, wobei er immer wieder die Darstellung der Landschaft im Gegenlicht als künstlerische Herausforderung annahm. Ein typisches Beispiel ist die um 1900 gemalte kleinformatige Arbeit *Landstraße bei Kirchhatten*. Das Bild lebt von der beeindruckenden Wiedergabe des gleißenden Sonnenlichtes an einem heißen Sommertage. Leider blieb Müller vom Siel nicht viel Zeit für ein freies Schaffen. Von 1909 bis zu seinem Tod im Jahre 1939, als er den Nationalsozialisten und ihrer menschenverachtenden Hungereuthanasie zum Opfer fiel, lebte der psychisch Erkrankte drei Jahrzehnte lang isoliert und fast vergessen in der Nervenheilanstalt Wehnen bei Oldenburg.

Georg Bernhard Müller vom Siel: Dötlingen im Winter, um 1905 LMO 9.258

Berliner Sezession

1898 war das Gründungsjahr der Berliner Sezession, die, wie in anderen Städten des Reiches auch, eine organisierte Gegenbewegung zur offiziellen Kunst- und Ausstellungspolitik darstellte. Die Gründungsmitglieder, deren Zusammenschluss sich gegen die vom Kaiser favorisierte Historienmalerei richtete, waren Max Liebermann, Lovis Corinth, Walter Leistikow und Max Slevogt, die alle mit Bildern in der Sammlung des Landesmuseums Oldenburg vertreten sind. Die vier waren glühende Verehrer des französischen Impressionismus und versuchten diese Stilrichtung mit ihrer Malerei auch in der deutschen Kunst zu etablieren.

Walter Leistikow (1865-1908) malte die kleine *Dünenlandschaft*, Max Slevogt (1868-1932) das tonreich modulierte Stillleben mit *Schlachteschüssel*.

Max Liebermann (1847-1935), der führende Kopf der Berliner Sezession, zog es 1909 von der Hektik der Großstadtmetropole Berlin an den ruhig gelegenen

Max Slevogt
Die Schlachteschüssel, 1930
LMO 12.557

Max Liebermann:
Haus am Wannsee, 1919
LMO 12.737

Wannsee. An dessen Ufer ließ er sich ein zweistöckiges Landhaus errichten. Gemeinsam mit Alfred Lichtwark, dem damaligen Direktor der Hamburger Kunsthalle, legte er das langgestreckte Grundstück mit Zier- und Nutzpflanzen an. Haus und Garten waren Liebermann fortan eine stetige Quelle der Inspiration, was in über einhundert Gemälden seinen Ertrag fand. Der Maler folgte gewissermaßen seinem französischen Künstlerkollegen Claude Monet, der sich in Giverny bei Paris ebenfalls seinen Traum vom eigenen Motivgarten erfüllt hatte. Beide faszinierte das Licht- und Farbspiel in der Natur, und sie setzten das Gesehene immer wieder in impressionistische Bilder um.

Liebermanns Gemälde *Haus am Wannsee* entstand 1919. Der Blick geht über den Garten bis zur sonnenbeschienenen Hausfassade im Hintergrund. Die Birken, die sich bereits vor der Planung auf dem Grundstück befanden, stehen nun mitten auf dem Weg und verraten die sanfte Herangehensweise Liebermanns bei der Anlage des Gartens. Sie wurden nicht etwa entfernt, sondern in die Planung integriert. Die Komposition teilt sich in zwei Hälften.

Links dominiert die dunkle schattige Vegetationszone, der zur Bildmitte hin die Birken folgen, durch deren Laubwerk sich Lichtflecken auf dem Boden ausdehnen. Rechts öffnet sich der Blick in den impressiv gemalten und lichtdurchfluteten Hintergrund. Gerade in Arbeiten wie dem *Haus am Wannsee* zeigt sich die späte Wandlung Liebermanns von einem naturalistischen Maler, der vor 1900 gedeckte Farbtöne bevorzugte, zum Impressionisten mit stark aufgehellter Palette.

Zu den drei bedeutendsten Malern des deutschen Impressionismus zählt neben Liebermann und Slevogt auch Lovis Corinth (1858-1925). Sein Bild *Das Karussell* von 1903 wird von Braun- und Beigetönen dominiert. Dem Maler ging es hier mehr um die Wiedergabe des Bewegungseindruckes als um das Spiel mit Licht und Farben. Durch die beiden Kinder im Bildvordergrund wird der Blick in das Bild geführt. Der Betrachter ist sehr nahe am Geschehen, und der lockere Pinselduktus vermittelt viel von der flirrenden Jahrmarktsatmosphäre voller Musik und verlockender Düfte. Corinth zeigt einen dieser besonderen Momente, die schnell vorüberge-

Lovis Corinth:
Das Karussell, 1903
LMO 7.933

Lovis Corinth:
Wilhelmine mit Ball, 1915
LMO 13.328

hen und die doch für ihn voller Leben steckten. Er nannte solche Bildvorwürfe „Moderne Motive", in denen die „Wirklichkeit zum Ereignis" werde, wie er es in seinem 1907 erschienenen Buch „Das Erlernen der Malerei" formulierte.

Im Entstehungsjahr des Gemäldes heiratete Corinth seine Schülerin Charlotte Berend, die fortan ein wichtiges Modell für den Künstler war, genauso wie später die beiden Kinder Thomas und Wilhelmine. Davon zeugt das Porträt *Wilhelmine mit Ball* aus dem Jahr 1915. Die Tochter sitzt in einem Korbstuhl, hat einen Sommerhut auf dem Kopf, trägt einen Mantel und ein blaues Kleid mit hellen Punkten. Ihre Hände halten das rotblaue Spielgerät. Rotwangig und mit großen Augen schaut sie aus dem Bild, das während des Urlaubes am Müritzsee in Mecklenburg entstand. Dort hatte Corinth ein Bootshaus zum Atelier umfunktioniert. Der seit seinem Schlaganfall 1911 in der Bewegung eingeschränkte Maler fand im Laufe der Jahre zu einer noch stärkeren Ausdrucksmalerei.

Während Lovis Corinth in der Berliner Sezession Karriere machte, die 1915 schließlich in der Ernennung zum Präsidenten gipfelte, war die Mitgliedschaft für Max Beckmann (1884-1950) von 1910 bis 1911 nur ein kurzes Intermezzo. Der zwischen 1907 und 1914 in Berlin lebende Künstler reiste in den Sommermonaten vorzugsweise an die Nordsee. Bei einem dieser Aufenthalte entstand das Bild *Am Strand von Wangerooge*. Von dem hellen Sand im Bildvordergrund heben sich das aufgewühlte Meer und die dunklen Wolken am hoch liegenden Horizont ab. Der erhöhte Betrachterstandpunkt und die am Strand laufenden Menschen betonen die endlose Weite der norddeutschen Landschaft. Beckmanns toniger Impressionismus mit Beige-, Grau- und Blautönen verrät hier noch die Nähe zu den Malern der Berliner Sezession. Die Tatsache, dass sich unter seinen 835 Gemälden 190 Landschaften befinden, unterstreicht den hohen Stellenwert, den die Gattung für den jungen Maler besaß. Die Wandlung zum Hauptmotiv Mensch vollzog sich bei Beckmann durch die bitteren Erfahrungen im Sanitätsdienst während des Ersten Weltkrieges. Davon unberührt konnte sich der

Max Beckmann:
Am Strand von
Wangerooge, 1909
LMO 15.767

Käthe Kollwitz:
Klage um Barlach, 1938
LMO 11.474

Maler bei der Entstehung dieses Bildes noch ganz seinem Enthusiasmus angesichts der Landschaft hingeben. Tatsächlich blieb es auch später sein sehnlichster Wunsch, allein am Strand sein zu können und zwar „einen Monat im Jahr".

Die sehr politisch denkende und agierende Bildhauerin und Grafikerin Käthe Kollwitz (1867-1945) war 1898 eine der ersten Mitglieder der Berliner Sezession. Als 1938 der Bildhauer, Grafiker und Schriftsteller Ernst Barlach starb, drückte die Künstlerin ihren Schmerz über den Verlust mit dem sehr eindrucksvollen Bronzerelief *Klage um Barlach* aus. Das als Denkmalsentwurf geplante Werk zeigt nicht nur die Trauer, sondern die ganze Dramatik der verzweifelten Lage, in der sich sowohl Barlach als auch Kollwitz selbst seit der Machtergreifung der Nationalsozialisten befanden. Beider Werk galt als „entartet". Barlach hatte die Freundin und Künstlerkollegin durch sein Schaffen unter anderem zu der Holzschnittfolge „Krieg" von 1922/23 angeregt.

1915 stellte die Bildhauerin Renée Sintenis (1888-1968) zum ersten Mal in der Berliner Sezession aus. Bekannt wurde die Künstlerin, die von 1908 bis 1912 die Kunstgewerbeschule in Berlin besuchte, vor allem für ihre Tierdarstellungen. Im Dezember 1917 heiratete sie den an der Kunstgewerbeschule tätigen Lehrer Emil Rudolf Weiß. 1921 berief man sie im Alter von 33 Jahren als Lehrerin an die Akademie der Künste, wo sie bis zu ihrem Ausschluss im Februar 1933 unterrichtete. Die schwierige Zeit während des Nationalsozialismus verschärfte sich für sie noch durch den Tod ihres Gatten im November 1942. Der Verlust warf sie in tiefe Depressionen. Die *Gesichtsmaske* entstand 1943/44, nachdem die Bildhauerin auch noch ihr Atelier kriegsbedingt verloren hatte. Alles persönlich erfahrene Leid spiegelt sich in ihrem Selbstporträt wider. Es steht aber auch stellvertretend für das Leid von Millionen von Menschen, ausgelöst durch die Katastrophe des nationalsozialistischen Terrorregimes und des von diesem verursachten Zweiten Weltkrieges. Ihre eigene Zukunft erschien ihr ungewiss – auch das drückt diese Maske aus.

Nach dem Krieg konnte sich Renée Sintenis jedoch bald wieder im Kunstbetrieb etablieren, nicht zuletzt durch den langjährigen Freund und Kollegen Karl Hofer. 1948 zeichnete man sie mit dem Kunstpreis der Stadt Berlin aus und berief sie als Lehrbeauftragte an die Akademie der Künste. 1952 erhielt die Bildhauerin – nach Käthe Kollwitz als zweite Frau – den „ordre pour le mérite" für Wissenschaften und Künste. Im Februar 1955 berief sie die Akademie der Künste als ordentliche Professorin. Aus gesundheitlichen Gründen gab Renée Sintenis das Lehramt im Oktober 1956 wieder auf.

Renée Sintenis: Gesichtsmaske, um 1943/44

Künstlervereinigung „Die Brücke"

„Mit dem Glauben an Entwicklung, an eine neue Generation der Schaffenden wie der Genießenden rufen wir alle Jugend zusammen. Und als Jugend, die die Zukunft trägt, wollen wir uns Arm- und Lebensfreiheit verschaffen gegenüber den wohlangesessenen, älteren Kräften. Jeder gehört zu uns, der unmittelbar und unverfälscht wiedergibt, was ihn zum Schaffen drängt." Ernst Ludwig Kirchner (1880-1938), Erich Heckel (1883-1970), Fritz Bleyl (1880-1966) und Karl Schmidt-Rottluff (1884-1976) waren die Verfasser dieser programmatischen Sätze, mit denen sie 1906 an die Öffentlichkeit traten. Vorausgegangen war der Zusammenschluss

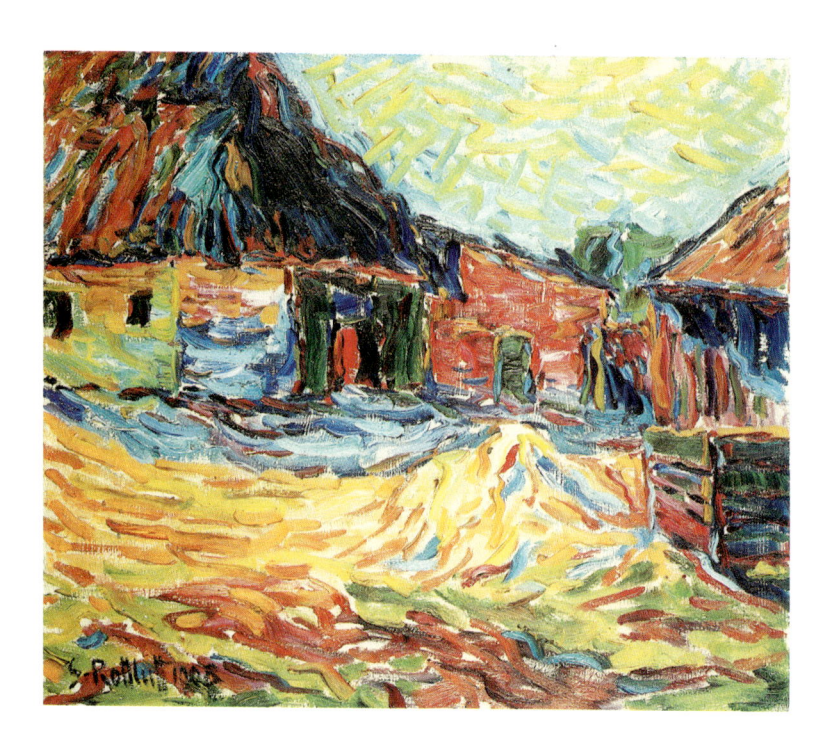

Karl Schmidt-Rottluff:
Sommer in Dangastermoor
(Mittag im Moor), 1908
LMO 11.668

der Genannten zur Künstlergruppe „Die Brücke" am 7. Juni 1905 in Dresden. Obwohl die vier an der dortigen Technischen Hochschule Architektur studierten, lag ihr Hauptinteresse auf der Bildenden Kunst. Kirchner und Bleyl schlossen ihr Studium sogar 1905 mit Diplom ab. Die jüngeren Heckel und Schmidt-Rottluff jedoch führten die akademische Ausbildung nicht zu Ende. Alle aber gaben die Sicherheit einer bürgerlichen Existenz auf und bevorzugten das Künstlerdasein in Freiheit und vor allem als Autodidakten, was der Konsequenz ihres Weges entsprach. Der Lehrbetrieb an den Kunstakademien hätte ihrem bildnerischen Aufbruch keine vergleichbaren Impulse geben können. Diese erhielten die „Brücke"-Mitglieder durch Werke von Vincent van Gogh, William Nicholson oder Félix Valloton.

Kirchner und Heckel hatten leerstehende Handwerkerläden im Dresdner Arbeiterviertel Friedrichstadt bezogen und funktionierten sie zu Ateliers um, in denen sich auch die anderen Kollegen trafen. Der Kreis der „Brücke" erweiterte sich nach und nach, wobei Künstler wie der Schweizer Cuno Amiet oder der Finne Axel Gallén-Kallela, aber auch der Deutsche Emil Nolde nur kurz dazugehörten oder Randfiguren blieben. Hermann Max Pechstein (1881-1955) jedoch, der im Mai 1906 beitrat, gehörte zum inneren Zirkel der Gruppe, die im Herbst 1911 schließlich nach Berlin übersiedelte.

Dem Nordseebad Dangast ist es zu verdanken, dass im Großherzogtum Oldenburg ein wichtiges Stück Kunstgeschichte geschrieben werden konnte. Zwischen 1907 und 1912 hielten sich vornehmlich in den Sommermonaten Karl Schmidt-Rottluff, Erich Heckel und Max Pechstein in und um den kleinen Ort am Jadebusen auf. Die Bedeutung der Studienbesuche an der Nordsee liegt für die „Brücke"-Maler in der rasanten Entwicklung zur Landschaftsmalerei, die die drei genannten Künstler nahmen. Schon im zweiten Jahr ihres Aufenthaltes, also 1908, kam es zu einer ersten Ausstellung mit Dangaster Arbeiten im Oldenburger Augusteum. Der hiesige Kunstverein, der die unteren Räume des Augusteums regelmäßig mit Ausstellungen bespielte, stellte diese lediglich zur Verfügung. Die Tatsache, dass der Kunst-

Erich Heckel:
Mittag in der Marsch, 1907
LMO 12.026

Karl Schmidt-Rottluff: Dangaster Allee, 1911 LMO 22.878

verein selber nicht als Initiator verantwortlich zeichnen wollte, wirft ein Schlaglicht auf die Skepsis, die man offenbar den „Brücke"-Malern entgegenbrachte. Beim Publikum trafen die über 20 Gemälde und mehr als 60 Aquarelle dann auch de facto überwiegend auf Unverständnis.

Unter den gezeigten Bildern waren auch Heckels *Mittag in der Marsch* und Schmidt-Rottluffs *Mittag im Moor*, auch *Sommer in Dangastermoor* genannt.

In diesen Bildern wurden ausschließlich die Primärfarben Rot, Gelb und Blau verwendet, aus denen sich die Mischungen Grün, Orange und Violett ergaben. Dabei nutzten die Maler vor allem den Komplementärkontrast, um die Wirkung der Farben noch erheblich zu steigern. Der am häufigsten angewandte Kontrast ist der zwischen Rot und Grün, als der Mischung aus Gelb und Blau. Als weitere Merkmale der expressionistischen Malerei sind der pastose und überzogene Farbauftrag mit seiner Loslösung von der Lokalfarbe zu nennen. Der Betrachter ist auch fast einhundert Jahre nach Entstehung der Werke durch diese exaltierte Formensprache noch unmittelbar Zeuge des ekstatischen Malprozesses. Er kann und soll sich in den Zustand der seelischen Aufruhr des Künstlers beim Malakt einfühlen und so die rein subjektive Sichtweise nachvollziehen.

Schmidt-Rottluffs *Dangaster Allee* von 1911 führt eine andere malerische Umsetzung vor Augen. Die Komposition besteht nun aus großen Farbflächen, welche einzelne Pinselzüge nicht mehr erkennen lassen. Die Landschaft ist summarisch erfasst und lässt nur wenig Tiefe erkennen. Einzig der Weg scheint noch etwas Raum zu öffnen. Doch Feld und Bäume rechts und links daneben negieren diesen Raum völlig, ziehen die Landschaft ins Zweidimensionale und betonen den flächenhaften Charakter des Bildes. Schmidt-Rottluff erreichte mit der *Dangaster Allee* einen erhöhten Abstraktionsgrad, ohne die Gegenständlichkeit ganz aufzulösen. Die menschliche Wahrnehmung, die immer bestrebt ist, Gegenständliches zu erfassen, kann aus den wenigen Informationen durchaus eine Landschaft „herauslesen". Dabei hilft die Horizontlinie und die obere Bildzone, die mit Blau und Weiß die Lokalfarben und

Max Pechstein:
Fischerboote in Nidden,
1912
LMO 14.676

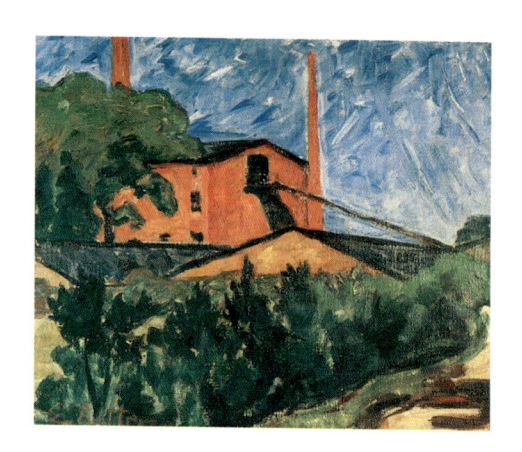

Emma Ritter:
Ziegelei, 1912
LMO 8.138

somit die Lokalinformationen „Himmel" liefert.

Max Pechsteins *Fischerboote in Nidden* von 1912 sind im malerischen Vortrag ähnlich flächenbetont, doch beruhigter als Schmidt Rottluffs Allee-Bild. Nidden, ein kleiner Fischerort auf der kurischen Nehrung in der Ostsee vor Ostpreußen gelegen, war ein Pendant zu Dangast. Auch hierher, wo sie die charakteristischen Kurenkähne als eines der bevorzugten Motive für ihre Malerei entdeckten, zog es die „Brücke"-Künstler.

Die im südoldenburgischen Vechta geborene Emma Ritter (1878-1972) schloss sich als einzige hiesige Künstlerin den Dangaster Expressionisten an. Ihr Bild *Ziegelei* zeigt deutlich den Einfluss ihrer Vorbilder, vor allem in der lockeren Pinselführung. Dennoch ist das titelgebende Motiv klar erfasst und nicht in einzelne Pinselzüge malerisch zerlegt. Emma Ritter demonstrierte eine Art verhaltenen Expressionismus, der mehr dem Naturalismus verhaftet blieb als der der Kollegen aus Dresden und später Berlin.

Die Tochter eines angesehenen Oldenburger Arztes ließ sich ab 1898 in Düsseldorf bei Willy Spatz zur Malerin ausbilden. 1903 folgte ein zweijähriger Besuch der privaten Malschule von Lovis Corinth in Berlin. Von 1905 bis 1909 lebte Emma Ritter dann in München. Ihr *Stillleben mit Äpfeln* von 1912 weist sie als glänzende

Koloristin aus, verrät zugleich ihr sicheres Gespür für die Komposition. Trotz der Qualität ihrer Malerei und der Sonderstellung, die die Künstlerin unter den Malerkollegen aus dem Raum Oldenburg annahm, wurde ihr Werk bisher kaum angemessen gewürdigt.

Ernst Ludwig Kirchner lebte bereits in der Nähe von Davos, als er 1920 den *Wanderzirkus* malte. 1915 war er zum Kriegsdienst eingezogen worden, konnte aber den Strapazen nicht standhalten und brach körperlich und seelisch zusammen. Nach mehreren Sanatoriumsaufenthalten zog er sich in die Schweizer Bergwelt zurück. Der *Wanderzirkus* zeigt den freien Umgang des Künstlers mit perspektivischen Darstellungen, seinen Gebrauch kräftiger Farben sowie die schematisierte Wiedergabe von Menschen. Zudem waren Bewegung, Tanz und Akrobatik Leitmotive in Kirchners Schaffen. Das Bild gehört noch in die Phase, in der der Maler an seinen Expressionismus der Berliner Jahre (1911-1914) anknüpfte, bevor er ab 1921 beruhigtere Werke schuf,

Emma Ritter, 1917

Emma Ritter:
Stillleben mit Äpfeln, 1912
LMO 11.465

Ernst Ludwig Kirchner:
Wanderzirkus, 1920
LMO 13.285 a

Otto Mueller:
Zwei Mädchen im Walde,
1920
LMO 11.475 a

die zugleich einen stärkeren Hang zum Ornamentalen offenbarten.

1910 lernten Kirchner und Heckel den Maler und Grafiker Otto Mueller (1874-1930) kennen, der sich der Künstlervereinigung anschloss, aber immer einen hohen Grad an künstlerischer Eigenständigkeit bewahrte. Nach eigenen Aussagen bezog Mueller seine Inspiration aus der Kunst des alten Ägypten mit ihren schroffen Bildoberflächen. Er ahmte deren Wirkung nach, indem er grobe Jutegewebe benutzte, auf denen er mit Hilfe von Leinöl und Leimfarben freskenähnliche Oberflächen erzeugte. In der Farbgebung bevorzugte der Maler Grün, Gelb- und Brauntöne sowie zarte fleischfarbene Nuancen für das Inkarnat. Der Künstler trug zudem den Beinamen „Zigeunermueller", da er nach 1918 bevorzugt auf Modelle der Volksgruppen der Roma und Sinti zurückgriff. Deren etwas fremdartig anmutendes Äußeres übte eine große Faszination auf Mueller aus, so dass er des öfteren nach Jugoslawien, Rumänien und Ungarn reiste, um sie näher kennen zu lernen und zu studieren.

Ein typisches Werk des Malers ist *Zwei Mädchen im Walde* von 1920. Die zarten, schlanken Figuren scheinen mit ihrer Umgebung zu verschmelzen und verkörpern auf diese Weise einen paradiesischen Urzustand, den Mueller in seinen Bildern immer wieder beschwor und den sich die Menschen nach der schrecklichen Erfahrung des Ersten Weltkrieges und der anschließenden Not herbeisehnten.

Das Gemälde befindet sich seit 1949 im Besitz des Landesmuseums und schließt die Lücke, die durch den Verlust eines ganz ähnlichen Werkes *In den Dünen* entstanden ist, das 1937 im Zuge der nationalsozialistischen Attacken gegen die „Entartete Kunst" aus der Schausammlung des Museums entfernt worden war. Es ging jedoch nicht verloren und gehört heute zum Bestand der Hamburger Kunsthalle.

Die vormals sehr reichen Bestände des Landesmuseums an Gemälden der „Brücke"-Künstler fielen zu einem großen Teil der Beschlagnahmung durch die Nationalsozialisten zum Opfer. Nach dem Ende des Zweiten Weltkrieges war man hier wie überall bemüht, die entstandenen Lücken

August Macke:
Stillleben mit Tulpen, 1912
LMO 12.736

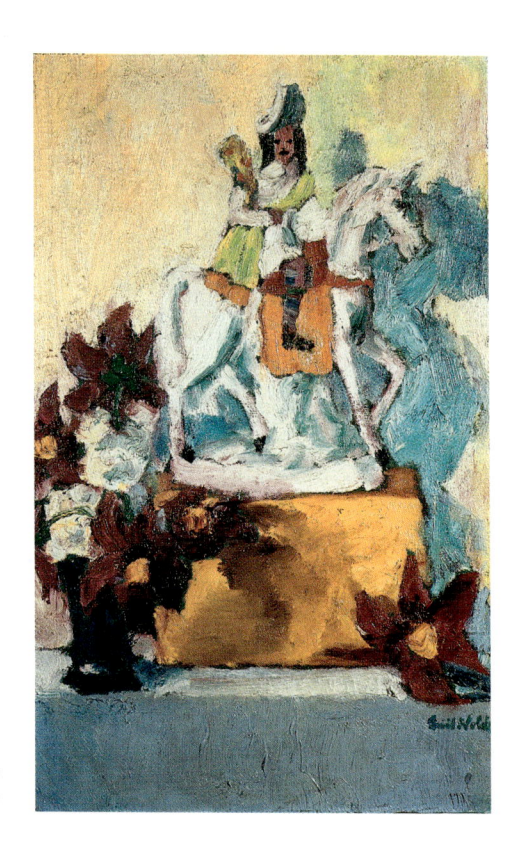

*Emil Nolde:
Stillleben mit Reiterfigur,
1912
LMO 12.603*

*Erich Heckel:
Plakat für die Eröffnungsausstellung der Oldenburger
Kunsthandlung C. G. Oncken
im Lappan 1909
LMO 19.938*

wieder zu schließen, sei es durch Ankäufe oder private Leihgeber und Stifter, ohne die das heutige Erscheinungsbild der Sammlung nicht dasselbe wäre. Ein Beispiel für diese Bemühungen ist das *Stillleben mit Reiterfigur* von Emil Nolde aus dem Jahr 1912. Es steht heute stellvertretend für die neun Gemälde und Holzschnitte Noldes, die sich noch 1937 im Besitz des Landesmuseums befanden.

Die Grafiksammlung des Museums kann mit großen Beständen an Werken expressionistischer Künstler glänzen. Viele der Zeichnungen, Holzschnitte und Lithografien kamen erst nach 1945 ins Haus, wie beispielsweise die Sammlung Beiersdorf. Sehr bekannt wurde Erich Heckels *Lappan*-Plakatholzschnitt für die Galerie und Hofkunsthandlung von Carl G. Oncken aus dem Jahr 1909.

Christian Rohlfs
(1849-1938)

Der in Niendorf (Holstein) geborene Christian Rohlfs ist in seiner künstlerischen Vielfalt keiner einzelnen Stilrichtung zuzuordnen. Seinem Landschaftsrealismus der Weimarer Schule in den 1880er Jahren folgte eine Phase des Impressionismus. Gegen 1900 wandte er sich dem Expressionismus zu. Das 1913 entstandene Bild *Froschprinzessin* steht beispiellos im Schaffen des Künstlers. Die Malerei bleibt glatt, großflächig und farbintensiv. Besonders reizvoll ist der Kontrast zwischen der grazilen Körperlichkeit der Prinzessin, die eine S-Linie beschreibt, und dem plumpen kleinen Frosch. Zudem setzen die völlig geraden Arme einen Kontrapunkt zu der Serpentinform der Dargestellten.

Rohlfs' *Tanzversuch* von 1925 hingegen entspricht dem typischeren und reifen Stil des Malers. Die Konturen sind unscharf,

Christian Rohlfs:
Froschprinzessin, 1913
LMO 12.285 a

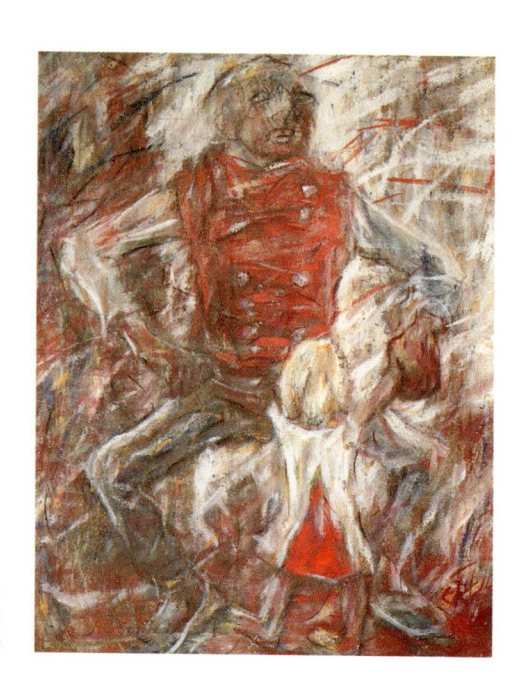

Christian Rohlfs:
Tanzversuch, 1925
LMO 19.260

so dass das ganze Bild wie verwischt erscheint. Dargestellt sind ein alter Mann und ein kleines Kind, die sich an den Händen halten, wobei der Alte seine Knie beugt und das Kind sich aufrichtet. Rohlfs unterschied in der Malweise nicht zwischen Hintergrund und den beiden Tanzenden, das gesamte Bild mit seiner gedämpften Farbigkeit wurde mit Schraffuren überzogen. 1928 konnte der *Tanzversuch* anlässlich einer Rohlfs-Ausstellung im Augusteum für das Landesmuseum Oldenburg angekauft werden. Während des Nationalsozialismus war es zusammen mit vier weiteren Werken des Künstlers aus dem Museum entfernt worden. 1963 wurde das Gemälde in Coburg gesichtet aber erst 1989 auf einer Berliner Auktion für Oldenburg zurückerworben.

Vom Kubismus zum Konstruktivismus

Das Ringen der Künstler um neue Ausdrucksformen und eine Weiterentwicklung der Bildsprache brachte in den drei Jahrzehnten nach 1900 die unterschiedlichsten Ergebnisse hervor. Die französischen FAUVES (Die Wilden) verfolgten, wie die deutschen Expressionisten, den Weg über die Farbgebung und Formauflösung und führten somit die von Vincent van Gogh, Paul Gauguin und den Neo-Impressionisten geschaffenen Grundlagen weiter. Anders die Kubisten um Pablo Picasso und George Braque. Sie ließen sich von der stereometrischen Bildarchitektur des Paul Cézanne nachhaltig beeinflussen. 1907 gilt als das Entstehungsjahr des Kubismus. Picasso hatte in seinem Bild „Demoiselles d'Avignon" kubisch vereinfachte Blockstrukturen und ornamentale Hohlformen, die er in archaischer Skulptur und afrikanischer Kunst entdeckt hatte, verarbeitet. Braque, der selbst bereits an der formalen Beruhigung seiner Bildsprache arbeitete, sah das Bild im Herbst 1907 in Picassos Atelier. Über die Gattungen Landschaft, Stillleben und Figurendarstellung tasteten sich die beiden Künstler Schritt für Schritt an einen höheren Abstraktionsgrad heran, ohne jedoch vollends in die Ungegenständlichkeit zu gehen. Diese erste Stufe des Kubismus nennt man deshalb analytisch, weil es um die Zerlegung der Motive ging. Die Ziele waren eine Verselbständigung der Bildkonstruktion und der Entwurf eines geistigen Bildes, das nichts mit dem natürlichen Vorbild gemeinsam haben musste. Braque nannte diese Vorgehensweise einen „Naturgegenstand in einen Kunstgegenstand zu verwandeln".
Fritz Stuckenberg (1881-1944) gehört zu den deutschen Künstlern, die unter ande-

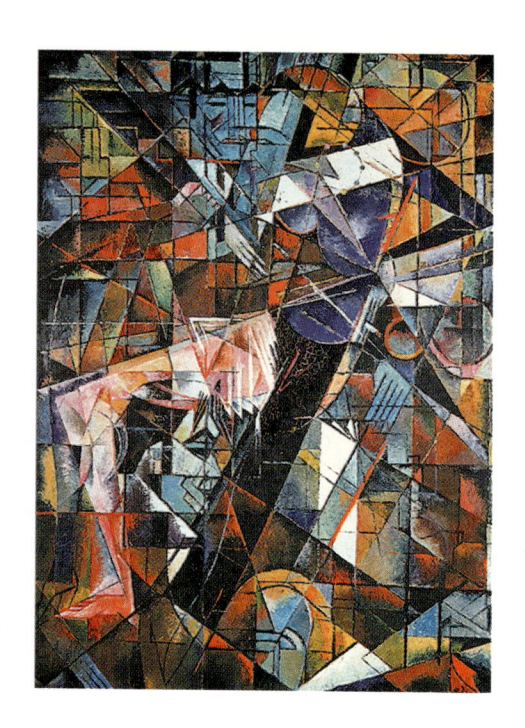

Fritz Stuckenberg:
Das Liebespaar, 1919
LMO 12.299

rem die revolutionäre Bildsprache des Kubismus aufgriffen. Geboren in München, aufgewachsen in Delmenhorst, ging er von 1907 bis 1912 nach Paris, wo er im Café du Dôme, dem Treffpunkt deutscher Künstler in der französischen Metropole, verkehrte. Sein bewegtes Leben führte ihn anschließend und bis 1919 nach Berlin. Stuckenberg nahm auch hier an wichtigen Ausstellungen teil (Galerie „Der Sturm", Novembergruppe, Erste Dada-Ausstellung). Trotzdem geriet der Künstler in finanzielle Schwierigkeiten und zog 1922 wieder zurück nach Delmenhorst, ehe er 1940 nach Füssen übersiedelte.

Um 1919 entstand *Das Liebespaar*. Es zeigt Stuckenbergs Freund und Künstlerkollegen, den belgischen Dichter und Dadaisten Paul van Ostaijen mit dessen späterer Ehefrau Elsa beim Tanz. Der Bildraum ist in kleine Segmente aufgeteilt, die häufig durch schwarze Linien umrandet sind. Die beiden Tänzer sowie ein Kopf im Profil schälen sich erst nach längerem Hinsehen aus dem Bildganzen heraus. Stuckenberg verarbeitete Einflüsse des späten analytischen Kubismus, der in

Werken von Picasso und Braque aus den Jahren 1911/12 in ganz ähnlicher formaler Struktur zum Tragen kam. Im Gegensatz zu den großen Vorbildern spielt die Farbe bei dem deutschen Künstler eine viel größere Rolle. Die Kubisten verliehen der Form auch deshalb das entscheidende Gewicht, weil sie die Farbgebung auf Grau-, Ocker- und erdige Grüntöne reduzierten, oft bis ins Monochrome hinein. Somit steht Stuckenberg mit seinem Einsatz der Farbe einem Maler wie Franz Marc näher, der seine vom Kubismus kommenden kristallinen Bildstrukturen ebenfalls koloristisch überhöhte. Darüber hinaus lässt Stuckenberg in seinem Bild die Auseinandersetzung mit dem 1910 in Italien begründeten Futurismus erkennen. Dieser hatte sich die Darstellung von Bewegung als ein künstlerisches Hauptinteresse zum Ziel gesetzt und antwortete damit auf die zunehmende Technisierung und Dynamisierung der Lebensumstände im noch jungen 20. Jahrhundert.

Die abstrakte Malerei bahnte sich in den Jahren vor dem Ersten Weltkrieg zeitgleich an den unterschiedlichsten Orten ihren Weg. Zwischen 1908 und 1913 haben mehrere Künstler wie Piet Mondrian, Wassily Kandinsky, Kasimir Malewitsch, Frank Kupka, Giacomo Balla, Franz Marc und Adolf Hölzel (1853-1934) daran gearbeitet, gegenständliche Reste aus ihren Gemälden zu streichen und sie dadurch auf eine tiefer liegende und ihrer Ansicht nach elementarere Bedeutungsschicht zurückzuführen.

Adolf Hölzel begann seine Karriere als Landschaftsmaler und Mitglied der DACHAUER KÜNSTLERKOLONIE. Seit 1905 war er in Stuttgart an der dortigen Kunstakademie tätig. Hölzel zählt zu den Wegbereitern der Moderne in Deutschland und ist mit seinen Ideen von ähnlicher Bedeutung wie die Künstler des BLAUEN REITERS um Wassily Kandinsky in München. Sowohl durch seine theoretische und didaktische Begabung als auch durch sein eigenes Werk

*Alexander Archipenko:
Geometrie, 1914
LMO 20.191*

*Adolf Hölzel: Fuge über ein Auferstehungsthema, 1916
LMO 14.717*

übte Hölzel als Professor an der Stuttgarter Kunstakademie eine große Anziehung auf später bedeutende Maler aus. Zu diesen gehörten Max Ackermann, Willi Baumeister, Johannes Itten, Ida Kerkovius, Otto Meyer-Amden und Oskar Schlemmer. Hölzels neuartige Lehre von den bildnerischen Mitteln sowie seine Farbtheorie fanden durch seine Schüler Itten und Schlemmer später Verbreitung am Bauhaus, wohin sie als Lehrer berufen wurden.
Hölzels Bild *Fuge über ein Auferstehungsthema* entstand 1916. Ein Jahr zuvor erhielt er von dem hannoverschen Unternehmer Hermann Bahlsen den Auftrag zur Gestaltung dreier Glasfenster für das 1911 neuerrichtete Verwaltungsgebäude der Keksfabrik. Diese Aufgabe kam gerade im richtigen Moment und bestärkte Hölzel auf seiner Suche nach neuen Ausdrucksmöglichkeiten. Er komponierte drei großflächige abstrakte Glasgemälde mit starker Bildwirkung. Trotz der Schäden, verursacht durch den Zweiten Weltkrieg, kann man noch heute die Glasfenster an ihrem Originalstandort bewundern. Das Oldenburger Bild ist eine direkte Reflexion auf die Beschäftigung mit der Gestal-

tung von Glasfenstern, denn es weist die gleichen Strukturen auf. Auch die intensive Farbigkeit entspricht dem anderen Medium. Darüber hinaus verrät der Titel bereits die Nähe zur Musik, die auch von anderen abstrakt arbeitenden Künstlern in dieser Zeit als großes Vorbild und als Inspiration angesehen wurde. So beneidete beispielsweise Wassily Kandinsky den Komponisten Arnold Schönberg um dessen Freiheit beim Schöpfen neuer Musikstücke mit Hilfe abstrakter Töne. Ton, Klang, Rhythmik, Harmonie und Komposition sind letztendlich Termini, die sowohl in der Tonkunst als auch in der gegenstandslosen Malerei als beschreibende und analytische Begriffe verwendet werden. Paul Gauguin, einer der „Väter der Moderne", hatte diese „musikalische Phase" der Malerei vorausgesagt.

Drei Hölzel-Schüler sind mit Arbeiten im Prinzenpalais vertreten. Zu ihnen gehört Walter Dexel (1890-1973). Seine *Kleine Maschine* von 1922 ist Bestandteil einer Reihe von ähnlichen Darstellungen. Bei Dexel erlangt der Konstruktivismus eine ganz eigene Qualität. Sein Ziel war es,

Walter Dexel:
Kleine Maschine, 1922
LMO 12.757

das komplexe und vor allem dreidimensionale Gebilde der Maschine in die Zweidimensionalität der Holztafel zu übertragen. Dabei war die Reduktion, also die Suche nach dem Fundamentalen, von entscheidender Bedeutung. Dexel beschäftigte die Frage, ob sich der höchst vielschichtige Formenreichtum der Welt, hier repräsentiert durch eine Maschine, mit Hilfe möglichst einfacher Grundelemente wiedergeben ließe. Er entfernte bewusst Bestandteile der Wirklichkeit, um in der Kunst freier für das Wesentliche zu sein.

Ein Jahr bevor Oskar Schlemmer (1888-1943) Schüler von Hölzel und zehn Jahre bevor er Meister am BAUHAUS wurde, malte er 1911 die *Landschaft mit weißem Haus*. Das Frühwerk lässt noch nichts von Schlemmers späteren Figurenkompositionen erahnen.

Positionen während des Zweiten Weltkrieges

Willy Baumeisters (1889-1955) Gesamtwerk ist durch das bildnerische Experiment geprägt und weist daher keine Einheitlichkeit auf. In den „Mauerbildern" verband er Plastik und Malerei. Maschinen- und Sportbilder kommen genauso vor wie konstruktivistische Kompositionen. Bevor Baumeister sich in seinem Spätwerk surrealistischen Bildmotiven widmete, beschäftigte er sich mit prähistorischer und altorientalischer Kunst. Letzterem Themenkreis ist das Oldenburger Bild *Abu Sin* aus dem Jahre 1940 zuzuordnen. Man sieht ein abstraktes Liniengeflecht, das hier und da figürliche, aber auch landschaftliche Assoziationen hervorruft. Typisch für Baumeister ist der Einsatz reiner Farben wie Blau, Rot und Grün, die hier allerdings nicht fest umrissen sind, sondern als diffuse Gebilde ellipsenförmig oder langge-

*Willi Baumeister:
Abu Sin, 1940
LMO 14.485*

streckt hinter dem Liniengeflecht auftauchen. Nicht nur als Maler, sondern auch als Kunsttheoretiker machte sich Baumeister einen Namen. Drei Jahre nach der Entstehung von *Abu Sin* erregte seine Schrift „Das Unbekannte in der Kunst" viel Aufmerksamkeit, trotz des von den nationalsozialistischen Machthabern gegen ihn ausgesprochenen Malverbotes.

Als 1981 das Augusteum seiner ursprünglichen Bestimmung als Gemäldegalerie der Öffentlichkeit wieder übergeben wurde, stiftete die niedersächsische Landesregierung zur Eröffnung das Gemälde *Das Gastmahl der Sphinx* des deutschen Malers Max Ernst (1891-1976). Dieser vereinte in seinem Werk eine enorme schöpferische Bandbreite, die von der witzig schockierenden Idee bis zur visionären Weltlandschaft und von naturgetreuer Darstellung bis zu geometrischer Abstraktion reichte. Er war Mitbegründer der Dadabewegung und 1924 der Surrealisten um den französischen Schriftsteller André Breton. Besonders aktiv und erfolgreich war Max Ernst auf dem Gebiet der Erfindung oder Weiterentwicklung unterschiedlicher künstlerischer Techniken. Dazu gehören die Collage und die von ihm kreierte

Max Ernst:
Das Gastmahl der Sphinx,
1940
LMO 14.320

„Frottage", bei der mittels Durchreiben (meist mit Graphit) natürliche Strukturmerkmale wie Holzmaserungen oder Blattgeäder auf das Papier übertragen werden. *Das Gastmahl der Sphinx* ist das Ergebnis einer von Ernst erfundenen besonderen Technik der Malerei im Abklatschverfahren. In der sogenannten „Decalcomanie"-Technik trug er Ölfarbe auf eine Glasscheibe auf und drückte diese anschließend auf die Leinwand. Bei dem Entfernen der Scheibe entstanden schwammartige Strukturen, die der Künstler anschließend mit dem Pinsel weiterverarbeiten konnte. Das Oldenburger Bild ist ein gutes Beispiel für die Fähigkeit dieses Künstlers, außergewöhnliche Fantasie und Bildfindungsgabe mit einer genau überlegten technischen Methode zu verbinden.

Neue Sachlichkeit

Ein weiterer Schwerpunkt in der Gemäldesammlung des Prinzenpalais sind Bilder, die auf den ersten Blick den Anschein einer antimodernen Haltung ihrer Schöpfer vermitteln. Die Malerei der NEUEN SACHLICHKEIT kann unstreitig als eine Antwort auf den Expressionismus und die abstrakte Kunst verstanden werden. Der Begriff NEUE SACHLICHKEIT geht auf den früheren Leiter der Kunsthalle Mannheim, Gustav Friedrich Hartlaub, zurück. Dieser prägte ihn 1923 als Programmwort einer geplanten Ausstellung, die er dann 1925 in seiner Institution realisierte. Er führte Bilder zusammen, die sich durch einen ganz besonderen Realismus auszeichneten, der sich damals zeitgleich in ganz Europa und vor allem in Deutschland zu äußern begann. Alles Gegenständliche ist genau beobachtet, überdeutlich wiedergegeben und einer klaren und nachvollziehbaren Bildstruktur zugeordnet, was eine gewisse Bewegungslosigkeit, ja sogar Starrheit der Motive bewirken kann. Die Themen der Künstler, die stilistisch höchst vielfältig

Edith Campendonk-van Leckwyck: Stillleben mit Goldfischglas, 1925 LMO 17.454

Willy Jaeckel:
Damenbildnis, 1927
LMO 14.360

arbeiteten, reichten vom Stillleben über Stadtlandschaften bis zum Porträt.
Willy Jaeckel (1888-1944) malte 1927 das anonyme *Frauenbildnis*. Das Hüftbild in Dreiviertelansicht zeigt nüchtern und sachlich die Dargestellte mit modischer Kurzhaarfrisur. 1928 war das Bild auf einer Ausstellung mit 26 Frauenbildnissen in der Galerie Gurlitt zu sehen. Auf dieser Schau erhielt Jaeckel den Preis für das „schönste deutsche Frauenbildnis". Zudem wurde er mit dem begehrten Stipendium für einen Aufenthalt in der römischen Villa Massimo ausgezeichnet. Edwin Redslob, Reichskunstwart der Weimarer Republik, äußerte sich zu dem Werk Jaeckels: „Wir stehen staunend vor der hinreißenden Kraft seines großen Könnens. Dieser Maler packt das Objekt und das Objekt ergreift auch ihn. Daraus erklärt sich die ungewöhnliche Vielseitigkeit: seine Kunst ist im besten Sinne gesellschaftlich und machte ihn zu einem der besten Porträtisten seiner Zeit. Zugleich ist Jaeckel in der Darstellung von Frauen ein Gestalter religiöser und sozialer Motive. Nur der hat Jaeckels Kunst erfaßt, der die Weite seiner Begabung und die innere Spannung seines Werkes begreift. Es ist kein Wider-

Willy Jaeckel mit Damenbildnis, 1927 (Foto)

spruch, daß der elegante Porträtist zum visionären Physiognomiker wurde, der im Sinne Dantes, Goyas und William Blakes die furchtbare Bedrängnis durch die Laster der Menschen in kühnen graphischen Visionen abreagieren mußte. Der Könnende ist zugleich der Wissende; dieses Geheimnis offenbart die strahlende und doch in der Tiefe der seelischen Probleme so ernste Kunst, deren Ursprünglichkeit uns mitreißt."

Georg Tappert (1880-1957) erreichte, nach den Anfängen im realistischen Stil und herausragenden expressionistischen

Georg Tappert:
Straßenecke in Hannover,
1931 (?)
LMO 16.644

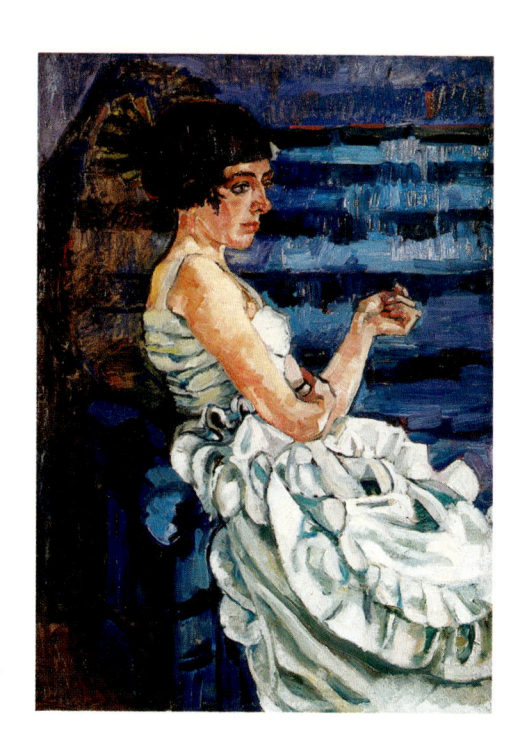

Georg Tappert:
Sitzende in langem Kleid,
um 1925
LMO 18.928

Werken der Jahre 1911/12, mit seinen Schilderungen der Berliner Halbwelt sowie mit seinen Aktdarstellungen und Porträts der 20er Jahre den Höhepunkt seiner künstlerischen Arbeit. Dazu gehört das Bild *Sitzende in langem Kleid*, das um 1925 entstanden ist. Der Pinselduktus und die Farbgebung sind sehr lebhaft und lassen noch etwas von Tapperts expressiver Bildsprache erkennen. Die Melancholie und die Einsamkeit, die von der Dargestellten ausgehen, sind jedoch dem neusachlichen Stil verpflichtet.

Die Milieustudie *Straßenecke in Hannover* stammt aus dem Jahr 1931 und lenkt das Bewusstsein des Betrachters auf die gesellschaftliche Realität während der Weimarer Republik.

Das Gründungsmitglied der politisch links orientierten Künstlervereinigung NOVEMBERGRUPPE hatte eine wechselvolle Lebensgeschichte. Zur materiellen Absicherung betrieb Tappert seit 1906 eine private Malschule in Worpswede – mit bedeutenden Schülern wie Heinrich Assmann und Wilhelm Morgner – und anschließend in Berlin. Dort erhielt er einen Ruf an die

Kunsthochschule, musste sein Amt aber während der Nazi-Zeit nach zunehmenden Repressalien aufgeben. Zudem zerstörte ein Anschlag seine Berliner Kunstschule. Tappert zog sich wie viele seiner Künstlerkollegen während des Dritten Reiches demoralisiert und desillusioniert in die „innere Emigration" zurück und malte überwiegend trostlose Landschaften.

„Aber Tag und Nacht hatte ich keinen anderen Gedanken, als Künstler zu werden." Karl Hofer (1878-1955), der bereits früh den schöpferischen Drang spürte, war Meisterschüler von Ludwig Thoma in München (seit 1899) und danach von Leopold von Kalckreuth in Stuttgart (Abschluss 1903). Nach einem Studienaufenthalt in Rom ging er 1907, unter dem Eindruck der Malerei Cézannes, nach Paris. Kurz vor dem Ersten Weltkrieg ließ der Künstler sich in Berlin nieder, wo er 1920 den Ruf als Lehrbeauftragter an die Kunsthochschule in Charlottenburg erhielt. Nach dem Entzug des Lehramtes und dem Ausschluss aus der Akademie der Künste während der Zeit des Nationalsozialismus, zog sich Hofer zurück und arbeitete im Stillen weiter. Nach dem Zweiten Weltkrieg beteiligte er sich engagiert am Wiederaufbau der Berliner Hochschule der Künste. Sein Bild *Viadukt*

Karl Hofer:
Viadukt, 1948
LMO 14.233

stammt aus den Aufbruchsjahren (1948). Hofer, der den überwiegenden Teil seiner Werke während des Zweiten Weltkrieges verloren hatte, begann ab 1945 sie durch Nachmalen der Motive zu ersetzen. Das *Viadukt* könnte auf ein Landschaftsbild aus seiner römischen Zeit zurückgehen.

Edgar Ende (1901-1965)

„Wenn man die künstlerischen Intentionen meines Vaters richtig verstehen will, ist es unerlässlich zu wissen, dass er in einer zwar unorthodoxen, nicht konfessionellen Weise tief religiös war. Die Wirklichkeit einer geistigen Welt jenseits der sinnlichen Wahrnehmung stand für ihn außer jedem Zweifel und zwar nicht in einem abstrakt begrifflichen Sinne, sondern in einem sehr konkreten, ja sogar durchaus personalen, wesenhaften." Diese Charakterisierung seines Vaters schrieb der berühmte Kinderbuchautor Michael Ende 1994 nieder. Von ihm erfahren wir auch über die Arbeitsweise Edgar Endes, der sich mit den Worten „Ich gehe Skizzen machen" immer wieder in seinem Atelier einschloss und sich solange konzentrierte, bis kein Gedanke, keine Absicht und keine Vorstellung mehr zwischen ihn und die dann heraufziehenden geistigen Bildern traten. Diese Gesichte, von denen Edgar Ende selbst oft überrascht war, waren völlig anderer Art, als normale Vorstellungen oder Erinnerungen sie hervorzubringen vermögen. Erschien nun ein solches Bild dem Künstler besonders bedeutsam, so fertigte er davon schnell eine Skizze an. Die Weiterverarbeitung zum fertigen Gemälde war dann ein sehr aufwendiger Prozess und folgte der Skizze keineswegs sofort. Dazwischen konnten Monate oder Jahre vergehen. Hatte er sich eine der vielen hundert Skizzen, die auf diesem Wege im Laufe der Zeit ent-

Edgar Ende:
Die Schule, 1932
LMO 14.231

standen waren, vorgenommen, um ein Gemälde daraus zu machen, so übertrug er sie zunächst auf eine große Zeichnung und arbeitete sie formal durch. Anschließend versuchte er, das Problem der Farbe durch Vorstudien zu lösen. Erst dann folgte die Übertragung des Bildes auf die Leinwand, wobei Ende stets darauf bedacht war, die ursprüngliche Bildidee nicht zu verfälschen, sondern sie noch deutlicher zum Vorschein zu bringen. „Die eigentümlich asketische Strenge, ja Kargheit vieler Bilder" so Michael Ende „rührt von diesem Bemühen um äußerste Konzentration".

Die Titel zu finden, wie bei den beiden Oldenburger Bildern *Die Schule* und *Das fliegende Schiff*, war für den Künstler ein schwieriges Unterfangen, das ihn regelmäßig verzweifeln ließ. Darum holte er sich Rat bei Familie und Freunden. Der Titel sollte anregen, den Rezipienten jedoch nicht in irgendeine Richtung lenken. Im Zweifelsfall entschied sich Edgar Ende für einen möglichst neutralen Namen, der lediglich beschreibende Funktion haben sollte, denn wirklich wichtig war er nicht. Eine gar literarische „Bedeutung" liegt

Edgar Ende:
Das fliegende Schiff, 1933
LMO 20.189

den Bildern folglich nicht zugrunde – im Gegenteil – jeder Betrachter sollte am besten selbst eine Benennung vornehmen.

Die Schule von 1932 zeugt von der visionären Kraft der inneren Bilder Edgar Endes. In einer völlig kargen Landschaft, von einem bedrohlichen Gewitterhimmel überspannt, sitzen ein bekleideter und sieben nackte Männer an einzelnen Tischen hinter- und nebeneinander. Allem Anschein nach hält nur einer der Unbekleideten ein Buch in der Hand, um darin zu lesen. Im Bildvordergrund läuft ein weiterer Mann mit braunem Mantel und einem breitkrempigen Hut, den er mit der linken Hand festhält, an den Tischen vorbei. Begleitet wird er dabei von einem weißen Hund.

Das Bild lässt einen großen Interpretationsspielraum. Seine Vorgeschichte aber tritt durch Michael Endes Schilderungen lebhaft vor Augen.

Franz Radziwill
(1895-1983)

Das Oldenburger Landesmuseum für Kunst und Kulturgeschichte beherbergt die größte öffentliche Sammlung an Gemälden des Malers Franz Radziwill, der zu den führenden Repräsentanten der NEUEN SACHLICHKEIT gezählt wird. Durch Stiftungen des Künstlers, Ankäufe sowie zahlreiche Dauerleihgaben kann sich der Besucher ein umfassendes Bild vom Schaffen des 1895 in Strohhausen (Wesermarsch) in eine Handwerkerfamilie Hineingeborenen machen. 1896 folgte der Umzug der Familie Radziwill nach Bremen, wo der Hafen und Flughafen den Jungen beeindruckten und tiefe Spuren in dessen Werk hinterließen. Hier durchlief er auch eine Maurerlehre und begann ein Architekturstudium, begleitet von Abendkursen in figürlichem Zeichnen an der Bremer Kunstgewerbeschule. Der Erste Weltkrieg und die damit verbundene Kriegsgefangenschaft in England machten die Berufspläne jedoch zunichte. Nach der Entlassung richtete er sich ein Atelier in Bremen ein, mit dem festen Willen, ein Leben als Künstler zu führen. Aus diesen Jahren stammt das Bild *Die Lampe* (um 1920). Der junge Maler zeigt sich in der äußerst skurrilen Bildinszenierung deutlich von Werken Marc Chagalls beeinflusst.

Franz Radziwill:
Die Lampe, um 1920
Privatbesitz

Franz Radziwill:
Bahnübergang I, 1923
LMO 11.745

Radziwill knüpfte nun auch Kontakte zu anderen Künstlern, darunter vor allem Karl Schmidt-Rottluff. Von ihm erhielt er den Hinweis auf den kleinen Ort Dangast am Jadebusen. Es war ein folgenschwerer Ratschlag, denn ab 1923 sollte sich Radziwill für den Rest seines Lebens hier in einem kleinen Fischerhaus niederlassen. Im gleichen Jahr malte er den *Bahnübergang I*. Noch immer war der Künstler ein Suchender, der auf diesem Landschaftsbild die expressive Formensprache der „Brücke"-Künstler erprobte.

In Dangast wandelte sich Radziwill zum Maler des MAGISCHEN REALISMUS. Dabei ließ er ganz individuelle und subjektive Themen und Empfindungen in seine Kunst einfließen. Zwischen 1923 und 1928 bildete er sich zudem autodidaktisch vor allem in der altmeisterlichen Maltechnik weiter – Radziwill, der aus einer Handwerkerfamilie stammte, verstand sich unstreitig mehr als Handwerker denn als Künstler. Zu diesem Zweck beschäftigte er sich in Dresden mit den Romantikern Caspar David Friedrich und Carl Gustav Carus und ihren Techniken der Landschaftsmalerei.

Otto Dix, der sich als Maler dem Verismus verschrieben hatte, stellte Radziwill ein Atelier an der Kunstakademie zur Verfügung, so dass die äußeren Bedingungen sehr gut waren. Zudem porträtierte Dix seinen Künstlerkollegen – allerdings sehr unvorteilhaft.

Wieder zuhause malte Radziwill 1929 eines seiner Hauptwerke: *Der Strand von Dangast mit Flugboot*. Mit großer visionärer Kraft und einer ausgefeilten Maltechnik gestaltete er ein Werk, das zwischen apokalyptischer Fantasie und stringentem Naturalismus interferiert. Details wie die mit vollem Segel auf das Meer herausfahrenden Schiffe verweisen deutlich auf die Bilderwelt Friedrichs, die sich dem norddeutschen Maler kurz zuvor erschlossen hatte. Flugzeuge und Ozeanriesen waren technische Vehikel, die Radziwill immer wieder dargestellt hat. Er war gleichzeitig fasziniert von der Technik, hatte aber auch große Vorbehalte und Ängste ihr gegenüber, was auf ein dramatisches Jugenderlebnis zurückzuführen ist. Bei einer Flugschau in Bremen im Jahre 1912 erlebte er den tödlichen Absturz des Flug-

Franz Radziwill: Strand von Dangast mit Flugboot, 1929 LMO 13.861

Franz Radziwill:
Fenster meines Nachbarn,
1930
LMO 8.782

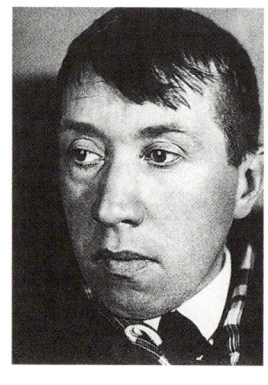

Franz Radziwill, 1930 (Foto)

pioniers Karl Buchstätter und eines Fluggastes. Das tragische Ereignis prägte sich dem jungen Mann tief ein und das bildnerische Reflektieren darüber avancierte zu einem Leitgedanken in seiner Kunst. Auf diese Weise übertrug Radziwill die großen Themen der abendländischen Kunst, wie Triumph, Bedrohung, Niederlage und Tod, auf die Lebensverhältnisse im 20. Jahrhundert, das wie keine Epoche zuvor die Verheißungen aber auch die Schrecken der Technik vor Augen führte.

Es gibt aber auch völlig in sich ruhende Motive, wie das *Fenster meines Nachbarn* von 1930. Dem Maler ging es hier einzig und allein um die absolut emotionslose und präzise Wiedergabe eines fast beiläufigen Stückes Wirklichkeit, ganz im Sinne der Neuen Sachlichkeit. Im selben Jahr gab er sich im *Selbstporträt mit roter Bluse* wieder. Selbstbewusst sitzt er in seiner Bilderwelt und sieht mit dem Rotschwarzkontrast und dem spitz zulaufenden Haaransatz nahezu diabolisch aus.

1933 trat der Maler in die NSDAP ein, wohl auch in der Hoffnung, es könne seiner Karriere dienlich sein. Danach sah es in der Folge zunächst tatsächlich aus, denn Radziwill übernahm noch im selben Jahr an der Düsseldorfer Kunstakademie die Professur des entlassenen Paul Klee. Wegen „pädagogischer Unfähigkeit" musste Radziwill den Lehrstuhl 1935 wieder räumen und galt schließlich als „entarteter Künstler" – Studenten hatten bereits 1934 in einem Bodenraum der Hamburger Kunstschule expressionistische Frühwerke des Künstlers gefunden, worauf in der nationalsozialistischen Studentenzeitung „Die Bewegung" eine Verleumdungskampagne gegen ihn gestartet wurde.

Nach dem Zweiten Weltkrieg dominierte die abstrakte Kunst den Markt, so dass Radziwills Zeit vorbei schien. Dennoch ging er unbeirrt den einmal eingeschlagenen Kurs in seiner Malerei weiter und fand allmählich wieder Beachtung. So erhielt er in den 50er Jahren öffentliche Aufträge zum Beispiel durch das Wasserwirtschaftsamt Wilhelmshaven. Eine Jubiläumsausstellung zum 60. Geburtstag im Oldenburger Schloss und 16 weiteren westdeutschen Stationen sowie eine Retrospektive in der Nationalgalerie in Ostberlin stießen auf große Resonanz. 1963

Franz Radziwill:
Selbstporträt mit roter Bluse,
1930
LMO 13.253

Franz Radziwill: Geschehnisse, 1969 Privatbesitz

Franz Radziwill, um 1975

zeichnete man Radziwill mit dem begehrten Rompreis der Deutschen Akademie aus. Es folgte das Studienjahr in der Villa Massimo in Rom, von wo aus der Maler auch eine Reise nach Griechenland antrat. 1969 malte er *Geschehnisse*, in dem er völlig zusammenhanglose Dinge und Ereignisse, wie eine auf einem Pferd tanzende Ballerina, ein nacktes Liebespaar in einem gelben Zelt sowie einen über einem Bauernhaus herannahenden doppelrotorigen Hubschrauber mit einer roten Last am Seil auf einem Bild vereinte.

Wegen einer Augenkrankheit musste Radziwill 1972 die Malerei aufgeben, aber als hochbetagter Mann erlebte er 1981/82 die große Retrospektive mit annähernd 400 Exponaten im Landesmuseum Oldenburg, in der Staatlichen Kunsthalle Berlin und im Kunstverein Hannover noch mit. 1983 starb Franz Radziwill in Wilhelmshaven.

Kunst nach 1945

Nach dem Zusammenbruch des Dritten Reichs mit seiner staatlich gelenkten Kulturpolitik, die die künstlerische Avantgarde in Deutschland rücksichtslos vom Geistesleben ausschloss und als „entartet" gebrandmarkt hatte, konnten die Künstler ab 1945 wieder frei und ungehindert arbeiten. In der westlichen Welt setzte sich sehr schnell die ungegenständliche Malerei durch, die als „spontane, psychographische Veranschaulichung unmittelbarer Lebensimpulse" (Werner Haftmann) angesehen wurde. Es bildeten sich unter den verschiedenen Bezeichnungen ART INFORMEL, ART AUTRE, TACHISME, ACTION PAINTING und ABSTRAKTER EXPRESSIONISMUS diverse Spielarten heraus.

Arbeiten von wichtigen Vertretern dieser Epoche wie Willy Baumeister, Julius Bissier, Fritz Winter und Ernst Wilhelm Nay gehören zur Sammlung des Landesmuseums.

„Malen das heißt aus der Farbe das Bild formen, denn die Farbe ist das Leben der Malerei ..." Das war das Credo von Ernst Wilhelm Nay (1902-1968), der zu den bedeutendsten Malern des 20. Jahrhunderts zählt. Sein Werk hat auf besondere Weise zur Etablierung der ungegenständlichen Kunst im Nachkriegsdeutschland beigetragen. Ferner war Nay nicht nur ein bedeutender Farbenmaler, sondern auch ein sich beharrlich selbst reflektierender und sich theoretisch absichernder Künstler, der immer wieder neue bildnerische Horizonte anstrebte.

1925 besuchte er in Berlin eine Ausstellung mit Werken Karl Hofers. Zudem setzte sich Nay in dieser Zeit mit Künstlern wie C.D. Friedrich, Picasso, Braque, Gris, Matisse, Chagall, Kandinsky, Klee sowie den Malern des „Sturm" auseinander. Er malte mehrere Bildnisse und zeigte seine

Ernst Wilhelm Nay:
Mit blauer Dominante, 1951
LMO 14.721

Arbeiten Karl Hofer, der ihn als Stipendiaten in seine Malklasse an der Berliner Akademie aufnahm. 1931 erhielt Nay die Prämie des Staatspreises der Preußischen Akademie der Künste Berlin und – damit verbunden – ein neunmonatiges Stipendium für die Villa Massimo in Rom, wo er sich bis 1932 aufhielt. Durch Vermittlung von Carl Georg. Heise reiste Nay 1937 nach Norwegen als Gast von Edvard Munch. Es folgte ein dreimonatiger Aufenthalt auf den Lofoteninseln, wo unter anderem auch das Aquarell *Lofoten (Frau im Sund)* entstand, das ebenfalls zur Sammlung des Landesmuseums gehört. In der Ausstellung „Entartete Kunst" von 1937 war Nay, der mit Ausstellungsverbot belegt wurde und von dem man zehn Bilder aus öffentlichen Museen beschlagnahmte, mit zwei Werken vertreten.

Nach dem Krieg, zu dem er als Soldat eingezogen worden war, ließ sich Nay in Hofheim im Taunus nieder. Sein Berliner

Atelier war zerbombt. Von 1945 bis 1948 entstanden die mythisch-magischen „Hekatebilder". Es folgten bundesweit Ausstellungen in Galerien und Kunstvereinen und 1948 die Beteiligung an der Biennale in Venedig. Zwischen 1949 und 1951 fand Nay schließlich zur Abstraktion. Aus dieser Phase stammt sein Bild *Mit blauer Dominante* von 1951. Es ist eine ausgewogene Farbkomposition aus den Primärfarben Blau, Rot und Gelb sowie der Sekundärfarbe Grün, ergänzt durch Weiß und Schwarz, das der Künstler für die linearen Strukturen verwendete. Nur das Blau kommt in zwei Varianten im Bild vor – im hellen Ton und im satten Dunkelblau, das die hellen Partien teilweise überlagert. Damit ist die Dominanz des Blau bezeichnet. Figürliches ist nicht erkennbar, und so setzte Nay auf die Wirkungskraft der Farben, die ja nach eigenen Aussagen das „Leben der Malerei" sind.

Bis zu seinem Tod im Jahre 1968 führte der mehrfach preisgekrönte Künstler und dreimalige DOCUMENTA-Teilnehmer ein bewegtes Leben mit vielen Reisen.

Bernhard Heiliger (1915-1995) ist auf dem Gebiet der Plastik von herausragender Bedeutung. Sein *Seraph I* von 1950

*Bernhard Heiliger:
Seraph I, 1950
LMO 11.569*

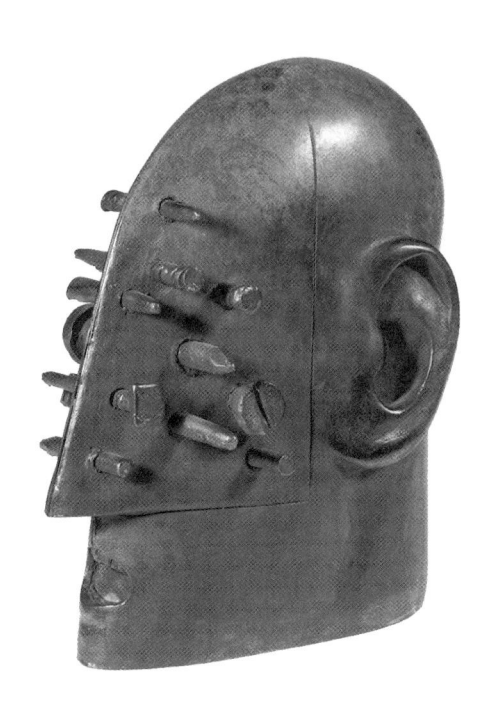

Rainer Kriester:
Nagelkopf, 1978
LMO 14.222

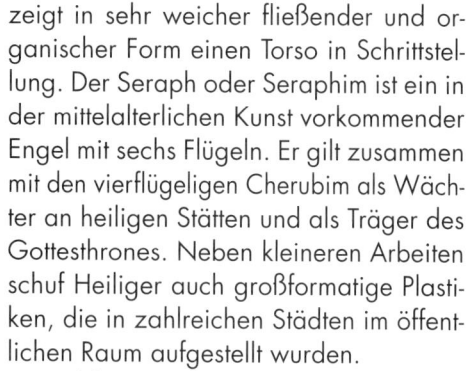

Alfred Hrdlicka:
Kaiserallee, 1980
LMO 14.722

zeigt in sehr weicher fließender und organischer Form einen Torso in Schrittstellung. Der Seraph oder Seraphim ist ein in der mittelalterlichen Kunst vorkommender Engel mit sechs Flügeln. Er gilt zusammen mit den vierflügeligen Cherubim als Wächter an heiligen Stätten und als Träger des Gottesthrones. Neben kleineren Arbeiten schuf Heiliger auch großformatige Plastiken, die in zahlreichen Städten im öffentlichen Raum aufgestellt wurden.

Der Bildhauer und Maler Alfred Hrdlicka (*1928) gilt als sehr engagierter und kritischer aber auch umstrittener Geist, der sich vor allem immer wieder mit der nationalsozialistischen Vergangenheit Deutschlands und Österreichs auseinandersetzt. Von ihm besitzt das Landesmuseum die beiden Bronzeplastiken *Sappho* von 1961/62 und *Kaiserallee* von 1980 sowie eine Vorskizze zu seinem Werk *Roll over Mondrian*.

Rainer Kriester (*1935) fand am Anfang der 70er Jahre zu seinem unverwechselbaren Thema – den manipulierten Köpfen. Er legte Bandagen um seine Sandsteinköpfe, engte Holzköpfe ein und durchbohrte die Bronzehäupter mit dicken Nägeln. Zwei solcher *Nagelköpfe* befinden sich in der Oldenburger Sammlung. Sie symbolisieren Gewalt und Zerstörung auf ganz unmittelbare und anschauliche Weise.

Ein kleines Konvolut an Gemälden von Bernhard Heisig, Walter Libuda, Hubertus Giebe und Volker Stelzmann dokumentiert die Kunstentwicklung in der ehemaligen DDR. In den Ländern des Ostblocks war der sozialistische Realismus in den Rang einer Staatskunst erhoben worden – die Abstraktion galt als westlich dekadent und wurde abgelehnt.

Ein hochrangiger DDR-Künstler war Bernhard Heisig (*1925). Der damalige Leipziger Hochschulrektor und Vizepräsident des Verbandes Bildender Künstler malte 1981 das Bild *Mechanismen des Vergessens*. Er reflektierte in diesem Gemälde das Thema Krieg und Gewalt und offenbarte damit die antifaschistische Tradition, die in der DDR einen wichtigen politischen Faktor darstellte. Das brisante Bild ist eine Mischung unterschiedlichster Motive aus Krieg, antiker Mythologie und Gegenwart – zugleich Paraphrase auf das Dix-Gemälde „Der Krieg".

Bernhard Heisig:
Mechanismen des Vergessens,
1981
LMO 14.630

Volker Stelzmann:
Atelier, 1987
LMO 19.994

Volker Stelzmann (*1940) aus Dresden gestaltete in seinem Werk *Atelier* gewissermaßen ein fünffaches Selbstporträt. In einer ausgeklügelten Komposition zeigt das Bild den Maler an der Staffelei, wo er an einem en face Selbstporträt arbeitet, das man wiederum mit dem Rücken des

Walter Libuda:
Die Stelze, 1988
LMO 18.927

Künstlers in einem Spiegel erkennen kann. Zudem steht ein großes Selbstbildnis im Dreiviertelprofil neben ihm und an der Wand ein solches im Vollprofil. Stelzmann griff mit dieser Darstellung ein sehr altes kunsthistorisches Topos auf, gewann ihm aber völlig neue Seiten ab.

Zur jüngeren Generation der DDR-Künstler gehört Walter Libuda (*1950). Seine bevorzugte Arbeitsweise ist der pastose Farbauftrag, wobei er eine Gratwanderung zwischen Abstraktion und Gegenständlichkeit wagt. *Die Stelze* von 1988 ist dafür ein Beispiel. Es ist ein komplexes Bild voller Skurrilität und Witz, aber von großer malerischer Geschlossenheit und Harmonie.

Michael Bette:
G, Januar 1982
LMO 14.384

Michael Bette (*1942) fordert den Betrachter mit seiner Komposition *G, Januar 1982* heraus. Ein dichtes Flechtwerk von Kreissegmenten, Dreiecksformen und Geraden lässt ein abstraktes und sehr vielschichtiges Konglomerat aus Zeichen und Farbgebungen entstehen. Der Titel gibt über den Inhalt keine Auskunft, sondern ist wohl als Angabe einer Art Werknummer sowie Entstehungsdatum zu verstehen.

Friedemann Hahn:
Marilyn Monroe und
Joseph Cotten in „Niagara"
(1953), 1980
LMO 14.740

Friedemann Hahn (*1949) ist in der Sammlung mit einem typischen Werk aus den 80er Jahren vertreten. Das Gemälde von 1980 zeigt *Marilyn Monroe und Joseph Cotten in „Niagara"*. Ein Standfoto, ein sogenanntes „filmstill" diente Hahn dabei als Vorlage. Der Moment ist dramatisch zugespitzt, bekommt aber durch die malerische Bearbeitung eine fast komische Note. Mit dieser Art der Übertragung von Leinwandidolen in ein anderes künstlerisches Medium steht Hahn in der Tradition der Pop-Art eines Andy Warhol.

Reiner Meyer